U0023498

天氣是輕盈的，也不如你
在道別的來途
認命後遇到了落沙。
一路燈火熠熠著

那天才發現
原來如此溫柔過；而也錯過

通信新聞

詩文集

趙文豪｜著

目錄

第二篇　岩洞

第一篇

牙語

護掩

一直是抑鬱陪著你同行的
儘管你經常笑得像海
一片汪洋
到什麼都能包容的大海；

窗外連日的鞭炮聲，神明遶境
還有連日雨也綿綿的
夢境鬆軟
也被炸得坑坑巴巴。

這是我們的心
不斷剝離，不斷受到他人解構
而你並不知道；
因為逃跑真的很難很難

而一直是不停歇的潮汐
陪著你同行的
虔誠的愛，虔誠的悲哀
被愛。「身體健康
國泰民安」週期性的祈禱
心口不一。日子被傾斜得快要被海填滿

而你可以不斷選擇各種傾倒前的轉彎

你的心已經故障很久很久
一個人來，一個人走
而世界已經很簡單的延伸的很遠很遠
離你最快樂的事
很近很近

日常作業

在你的呼吸裡生出草原
連接著奶油般的
陽光。關於我們生活的線索
不斷打斷思考的來電；
關於那些塵瓣，漂浮空中
你穿越到巷子另一頭

在影子與影子之間，
陽光不知不覺就走得很遠
像那些突然很遠的往事
當你清醒，近似那隻從窗口跳進的小白貓
「如果我們能一直留在這些單純裡……」

而如果你，
突然想起那些生活的線索
如果明天有雨
落在草原與草原之間
我會等你。
等到很晚很晚以後
一個人走到街口
而不留下期待

通信新聞

在浪潮旁從容的住下，我的房間
米白色的壁紙
聽著風聲像剛繪上的顏彩
一層一層的暈開，一層一層的
撥開，想像某次行旅
我們走過山的肩膀，
後來我們
肩靠著肩靠著山壁：緩緩小睡

突然感受到海的濕度
你我匆忙的走進崎嶇的杉林
「你知道路怎麼走嗎？」
雨聲降下，瑣碎的語聲
像叨叨絮絮的老人
肌餓感突然從步伐聲傳來——
我找到一個詞彙，像亂奔的野兔
灰色的毛絨凝結為石
雷聲洶湧。是疲倦的氣味
風都靜了下來。
手表上的十二個刻度
沒有表情的臉

與你用一枚薄荷糖交換一個詞彙
我們靜靜坐下：
突然感受到海的濕度

後來你我肩擦著肩走前
想起那時看過的波浪
率性的脫鞋，走進沙裡
看著寄居蟹不斷浮出，橫行
似乎是適切的
適切的高舉雙手
向彼岸喊話。
燈光從遠方逐漸照近：
公車接近了我們，經過、然後走離

我留在陌生的路線上
俯瞰腳底下龜裂的黃土
無別心的聆聽、想像，指涉著
一位理想的湖畔詩人
計數文明的徵兆，
煎了一顆微焦的蛋，還有新鮮的橘子汁
在我的房間，向海一面有窗
聽著浪聲，鉛字緩緩浮出

艾蜜莉

我們花了一整天，坐在長椅上
看著花默默的滿過
腳邊漫出的水聲。
你不再說了。五月像個坐不住的孩子
找到一條林間的上坡路

我放下斧頭與潮聲
往沒有方向的土地上
一百座靜下來的部落，
以及那段被壓抑的季節、
離去的人、我們翻過的書
我們
花了一整天等待

等待像紙邊週圍泛黃，像一片落葉
被終於颳起，被尋不到前往的人

探詞

昨晚在夢裡，突然發現了某道辭彙
他被一條小溪的石頭壓著
因為陽光的照耀，而閃出一陣陣的光芒
我將褲管拉上，謹慎的踩過石頭
跳著步，
越來越靠近的時候
蹲下去，奮力的伸出手臂
如何也觸碰不到
想盡辦法而大汗淋漓，
沒進水裡倒也把自己搞得濕透了身

我終於氣餒的攤在石頭上
看見了被開放的天空，聽見了辭彙
被光線敲打的節奏
──而似乎想拉著我注意的
還有屬於春日滿滿的生機繁華

儘管我留意的
依舊淺淺的，在游魚
及淡淡的水紋旁
一雙更深的眼睛

交待

1.

雲一路燒了過來。
我沒有雨，只是把說不出口的事
褪得像從未發生那樣——
「這世界最公平的是太陽。」
開始想起活著的時候，我到了一個很遙遠的地方
在篩過陰影的光點，在穿過林間的
聲音
平和的
替自己解釋；
我沒有，說不出口
世界總是聳立著，在一個確立存在的方向
只是我們現在還沒找到，
像穿過夜尖的時間
輕得說不出口的第一句話

我討厭自己，
討厭把一條如常的路走得太重
謹慎的為每個方向
套上印記，我討厭活在今日

討厭用一把傘撐起與天空的距離
與體制與國家與一兩個時代
當一張輕得不會被夾起的書籤
陽光總是聳立著
偶爾脫離他人所賦予的意義
開始想起應該要活著的時候
應該討厭的時候
用五指用力的撐開時間，
像接引道路間的義肢
短短的，卻走了一生
後悔莫及，直到不再解釋
我討厭我自己，聽到所有的錯都降臨一次
陽光穿過葉間，不再刻意繞遠

「就是來看你啊」
受滿了傷。
昨天的雲一路燒了過來

2.

在蒼茫的清晨，一個人騎著車
搖搖晃晃的前進，想著遠方一定什麼都更好
像被空氣褪去著。那些氣息
每天被困住的難題
儘管在他人眼裡不是什麼選擇：艱難

看似理所當然。將石子踢到遠處

晨六時，與死亡擦身而過，

話題聳動

而白鞋子很快就髒了；

穿越火焰，

火勢被沉默蔓延開來

很快有人哭了。哭了。那些氣息

在如同珍珠般串連著焦味

那些氣息

每天在凹陷的細節裡

你用石器打理

我們忙著迷藏，躲成靜物

（順帶處理生活事物，順帶外出）

午十一時，大象席地而坐

在蕭瑟的雪景裡

我們活著。分別著堆積

鎖著暗去的色調

透過有人說出

「縫隙，無可召喚。在深處再也沒有夢境」

再也，屬於今天

依舊遠離軸心的部位

能夠夢見，僅僅是過人之處

——貝爾納多·索阿雷斯：「不同地方， 作所有人」

後來搬了一塊石頭往推車上放，有漸層的大理石紋
在末端是無話可說的孤獨，或許條紋一貫如此
似乎能看到時光來往的甌徑。
一種被默許的信仰。疲憊，哭泣，埋怨
用未命名的檔案占據了所有空地
陸陸續續穿過了身體，穿過了別上名牌的房間
穿過在暴雨中用民主撐起的傘下；
今天特別有故鄉的氣味
我將你推向堤防，我的鬍子突然長了、白了、還打了一個小花結
身體長滿鏽斑。而我爬出箱外
看到路邊的孩子
從容把球丟進彼此的手套。形成一條條來往的虛線
接起那些如電線糾纏而蔓生的詞彙，接起那些
難得的誠實。好像這世界安然無恙
沒有人聽得到疾病，貧窮與苦難
文明如此美好，將地圖裡空白的地方
捲成一根根集體相似的長菸
放入菸盒，原來的短菸反倒格格不入

在例行公事外的另一個下午，抽離日常
我決定鬆綁在推車手把上的小盒子
長短交錯的菸如脫網敗退、滾落，
將所有的念頭燃燒
我一個人將車推向餘暉。推上火紅的斜坡
石頭突然從車上掉落。明知不可能抓得起
還是伸手去拉，被一起扯下

終究被一起扯下，生活也每每總是
有那麼一瞬間
誤認在山頭上所滿出的市鎮
像一條造礁的傷疤
荒草蔓煙，微末窮途。
我們終究是走下去了
面無表情的在窗台邊兌出熟練的微笑
把黑夜摺成一盞溫柔的燈

突然想起氣味熟悉的巷道
我的房間窄得遼闊，划過丘陵
有低矮的垣牆，有滴答滴答的時間
抵達路上，我們看著日起日落，趕在天亮以前
試著寫下一則惡魔主義的故事解釋愛情
「我們一起流浪到遠方，到一個可以一起……」
看起來所有的故事都是相似的。在喜劇年代讓宇宙望穿，

石頭成為雅各的行星。應許擁有一雙眼睛。讓漩渦捲進一條無
處不見的河

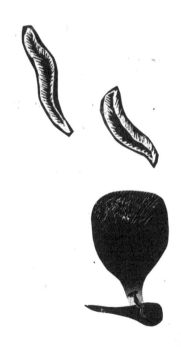

中心
——關於近況

「一切安好如初。」
準備這樣寫下
偶爾凝起如此被指認的信
活得不像自己。偶爾
滿懷歉疚，偶爾哭得人模人樣
像突然聽見老歌時
皺得像一張抽換政權的舊報紙

關於句末提及的遠方
當他人問起時，
冷僻如二十四小時便利店裡最角落的藝術品；
你哼著一首不太流行的歌
手指沾上紙上的油墨
在窗邊描摹輪廓，掀動
沒有邊界的黃昏
時間終究沒有跟著轉動
僅僅默默穿過
那些身邊的預言。抽換雨季

具象，沿岸而來
——當歡愉如此而抖落荒蕪

「對於我們來說，今天天才剛亮
正要展開一段路——面向西方，微笑邁向西方。」

鋼筋，水泥，圍牆森林那些串連而至的
布景。有夢之人
面對現實。最深的壓迫，三點半，一切鬆鬆垮垮的
一個人，躺在床上，只聽得到孤單的
心跳聲，有座黑色的海浪
在一方角落呼喊：暴霾將至
堆疊成雪。時間——信筒。都荒涼了。
隱約有那麼點期待，日光盛裝著城市
街坊鄰居掛滿笑容，路上的車卻靜得像一幅
言猶在耳的畫。愛正美好得到
在畫框裡，圈選住址，成為一次換喻
輕微敲擊牆壁，等待文明回應
接受欺凌，或者
轉嫁霸凌到下一座島
一角已經焦汙了。我找不到語言形容
想在此痛哭倒地的一瞬

巨象緊緊的抱住我。接著重重推了我一把
當所有人抬頭望起彷彿不甚關連
我挖了一地雪球踢起
墜落，塌陷，迸裂，撞擊。生命
一如往常，老實說，它重重推了的那把
讓我滿地找著牙根，謹慎備妥字彙；遙遠不斷失去
「前方陰影曖昧不明……」
竭盡所能寫下詩句，終於忍不住笑了出來

那些不斷被移動的紙條，還有來自八方往來的耳語
陷落在最沉重的胸膛，舉重若輕。舞蹈如霧。緩緩逼近房間

行旅

——趁著天色暗去以前，旅人離開森林

列車已然發動
預備沿著夕陽而去
在幽深的森林裡
不時有風聲傳入，引領人們
踩進凹陷的時空。
獨自一人走進林中
逐漸融入黑影，走了不短的路
撿起了掉落樹邊的手杖，撐起身軀
並且用手臂擦拭身上的汗水
他們匯流著。像一條不斷前進的路

像一本無相的葉脈，當你仔細嗅聞
能夠召喚每棵樹所帶來的秘密；
彷彿可以鋪展出每一層生命的
起源、抵達、回聲，以及
那些林葉間所灑落的
陽光與雷聲。但你知曉
日子在此轉彎，
像炎夏的一杯冰咖啡

聽見晶瑩如鑽的冰塊投入
深黑色的漩渦，音聲逐漸被深夜溶解

我突然感受到遠來的大海下沉
想像每一道皺摺上
串掛著字彙，在陽光下閃閃發亮
那年冬季，將自己的外套為他披上
在細細的沙灘上，一下就走得很遠了。
我們悲傷，我們作夢，我們妄想
一場永不散場的歡宴。我們
默讀一首穿越風聲的傷
時光突然隱喻起我們的夢，
我們看見群體，我們看見國家
看見黑白，以及對那些黑黑白白的詰問

鐘聲接著自遠方走來。我們慎重的指認方向
等待雨季匯聚，不斷的刻點
語彙變得僵硬，我們聽見窸窣的耳語
舉起雨傘：「這個世界把自己看得太過龐大」

我的步調開始緩慢，想起長老
他說過的話我已忘了，但記得他像一棵
慎重而曲折的樹，枝幹不斷蔓延。描繪出一座島

轉蓮花

——十年不短不長，已夠讓人變老

站在即將失去的田地中，聽聞店門口熟悉的
菸味聲燻焦了雨天時
屋簷下滋味觸抵的擁擠

你從不開傘，只在這時候
從眼前閃現完整的光——
著火的路需要跳舞的胸膛；於是
面海，沒有走向海的夢
想起以前你曾說的：「如果遇到山鬼，
那就往後跑，一直跑。」
一勞永逸。於是焚燒成灰
風吹。跑得越來越慢
新的紮營擺陣預備：怪手開始掏寶
你再也找不回自己的家。大風吹

在瓦礫裡，有老鼠經過
沒有人會再為此逃竄；
只有我像不斷投幣而發狂的囚人
為了抓不著櫥窗內的時光

發了瘋似在廢墟裡夾緊指尖
挖拓著完整的光。時光荒蕪一片

你好像站在中央。
說一口我總學不會的口音：
「等我買中一張樂透，我們離開這裡，
開大店」四顆發黃門牙閃得發亮的願望

讀到割心的章節，就在日常的邊緣折起一角
一點一點的指紋，落在墳頭的封皮
我們抱著紙蓮花持續下沉
很快就沉進甕底。
我坐下的角落是你的土地
我像是在井底
窺探著信仰的天
信仰文明、信仰我們所定義的島。

每一個走過的腳步依然能夠踩痛那晚的雨天
代替你站在這個曾經鼎沸的土地上託辭
夢見與他人不斷拼貼的鄉音

發黃相片裡的我們倆
選擇諒解那些關於缺席的，最後成為彼此的鬼

穿繞

那時我們在沙灘等待落日
身後走來的腳印在時光裡凹陷
在等待裡，我們聊聊天氣
嗅聞山海的語氣，青春微微的酸澀
我們拿出手機，低頭划開自己的生活圈
像離港的船，波紋是緩緩的記得

我們偶爾抬頭對笑，笑得彷彿青綠的蘋果香
嗣後靠近浪潮，脫去鞋襪
脫去生活裡的尖銳端，再用掃帚刷去明天的霧；
海浪規律的觸踏我們的腳踝
像親吻像輕撫，也像我們最近歷經的難題
走進深處，不斷被浪潮推擠，甚至幾乎
淹沒了我們。「僅是等待。積疊莫辨。
值得好好收妥」
我們回到了各自的月台

你我一切很好很好，只是接連走進車廂
你不斷用袖子擦拭窗上的霧氣
等候一則留言
「遠方一切很好。海岸被延長了。
明天應該放晴」而值得讓城市好好安頓

就算這世界混蛋得一蹋糊塗還是值得我們溫柔以待

我在房間找到一個適合擺放書桌的截角
在遷徙時，將自己從日常的縫隙
撿回。那些偶爾不小心遺落的
擺置在桌面上
睡了又醒，手機突然響起
從乾澀的衣架裡取出
規格一致。終究郵箱裡躺著的草稿信沒有寄出

日常被刻意提起。僅僅行李一直準備好了
被困在許多不值得我們浪費時間的事情
太刻意的去追求目的
忘記了我們是誰。與同伴一起
肩並肩走著，姿勢像遠山
一路交談、告別時回首施以一枚微笑
微笑的氣味是海。光紋波瀾
使人困惑於宇宙深處
一道恆久的習題

文明突然駛得很遠了
列車靜靜扶著高架，急速擦拭風勢

背道遠離，而世界也迎面追回
雙向在充滿霧氣的年代
棚架滴下一首攀起陽光與微風的詩

「生活是往往相對不容易的。」
尤其是在他人訕笑裡仍保持原則
自己義無反顧地往前。
試著抽直那條彎下背的線
隱隱聽到，浪潮聲緩緩襲來

滋味：容不下，及帶不走的

現實中，我們都有一口難以訴出的苦
像不容易被找到的根鬚
潛藏在我們走出的路裡
規律的走遠，規律的成一座山。

我們滿懷心意的聊天
不斷堆積，不斷重疊
填充著在名字底下的意義；
我們曾有豐裕的力氣
圍坐、對視，生火，我們跳舞，作夢
我們踩踏，反覆鎚練
那些需要挺直的背脊

不知不覺就走到這裡了
一部車踽踽駛上筆直的斜坡
空中滿佈著沉鬱而規律流動的海
彷彿一輩子與自己對抗的縮影
而半部的陰影，
籠上前方的山脈

你走到我的後頭，暖暖的抱住了我

走到不知不覺：大海降下
我們前後佈滿了路網。
匆匆告別後，看著你的背影
「最近我們的遭遇都有點不太一樣了。」
我們分別尋覓遠方
沿著最黑的地方走下去
直到你耐心聽完最後一段話
我尋覓一個沒人能找到的地方
走進山谷裡最深

指癒

(一)

將硬幣擱在拳頭上
不必指出問題；
彈了手指
你伸出指著月亮的姆指

(二)

卑微的找一個人
願意傾聽的
然後將自己的感官磨損到
能全身而退

(三)

伸出手掌，遮住單眼
按熄判斷距離的視窗

說一句關於愛的咒語
像一條不斷穿越的河
走得夠深，翻過山嶺
在抵達的時候

只剩下聲音

（四）

在抵達的旅途
我們經歷相同風景
為了判斷距離，
你伸出指認月亮的食指
逐一指認的星座
及他們的規律

像對號的列車，準時抵達
準時讓宇宙塗黑
淹沒了任何被意識的存在

鏡視

坐在椅子上，萎化成一尊植物
蜷起背如對自己的寬恕
嘗試發出訊息
像深海裡的聲波，一點一滴發出
這時的等待是透明的

多年前悲傷的事，在冰態的詞彙開始融化
深夜緩緩滲出水來
歌聲充滿流質，濕悶的在身上排列成
一點一滴的汗珠：排列在白天的鼎沸之後
將自己萎化成植物，
好來逃避一句告白的話
一件關於告白的小事。

你平等對待，維持可進可退的距離
等待是透明的，隱約卻具體的聲音

靜老的海，朗朗的山群

——致田園作家陳冠學

我想起那天傍晚走進的森林裡
時光在此深墾，季節聳立在一棵棵老樹
充滿濕氣的霧詮釋海的語境
或許忍不住流淚
滴在湖面上，形成不斷擴散的波紋圓圈
為了那些生命的存在，
如詩的第一句
例如紫蝶幽舞在谷底
生命仍兀然而生
不斷包容著過去著過去
在昨日與昨日之間的一小撮路
選擇用銳利的日光裁去閃動的綠葉

裁去滋長的影子，世界於此凹陷
我們推擠，爭吵，敗退
遠遠的海聽著遠遠的
故鄉，平常的一日
移民在此聳立，深耕成一座老森林
還有一座被吞人的湖

像一面盛裝各種容貌的鏡子
面向世界，穿越清新四溢的草原
面向自湖泊落於天空的魚
我橫倚在歪斜的樹旁
直到風窸窣的吹來像一把
擺曳的風鈴而黃昏暗暗下沉
伴隨泥土氣味達抵的大海
為沉默帶來刺覺
天空依然一碧如洗的遼闊
鐵鏽就此停很久了，將一切疑問鬆開
逐漸撫平湖面上擴散的波紋；

我們偶爾縐褶，偶爾作夢，偶爾徒勞的打理好
往日到出口的間隙。讓森林持續書寫我們所貼觸的岩浪渦游

- 陳冠學，自幼隨父舉家至新埤定居，曾任中學教師，後在辭去教職後，回到大武山下的萬隆村專心寫作，陳冠學的《田園之秋》為其代表作，有現代陶淵明之稱；他耕讀於田園，與自然共生共存，創作理念為「誠實面對自己，讓自然萬物融入生活。」

群像
——1986 的單人小記

開始想起那陣子所親眼目睹的香味，在凹陷的音節裡
他是如此將自己同化在人群中
沒有政黨傾向，沒有性癖好，
更沒什麼獨樹一格的想法。面對問題的追問
「所以我覺得牽引電線桿的彼此線路太過平直」

他是這樣解釋著離開的原因，面對列車上隔壁阿姨的追問。
如果沒有答案可能要落得要詳細說明；
他望著窗外大草原，刮著寒綠的風聲
英挺的樹在裡頭顯得別致
這讓他想起在童年被不斷比較的分數——
「不要去觸抵那些我們所不了解的。因為他們不存在
不要太花時間去做那些徒勞無功的抗爭」
因此總在補習班下課後，他將書包背向遮住校名的那一面
同時走向辦理連署的帳篷
為自己的辯解感到沾沾自喜。他試著走向同化
來面對世界的荒謬；沒有疑惑。
或許他的親戚充滿困難
用異樣的眼光看待著他像離開了季節的房間

跌進不合時宜的另一扇門

他渾身帶傷，將自己彌補在小說裡的某一段句子
把自己安放在課堂裡被指定的位置
按時準備課業，循規蹈矩
善於忍耐，潔身自愛
善於完成每道被指定分批翻譯的《理性邏輯》
突然想起被電線桿的線索切割的天空
開始想起親眼目睹的風聲。像體制他們彼此肩並肩
天色漸漸透明，有人走近房間

謠傳

下一次，你會給我港口
是離我們房間
最近的
窗口

我們來到咖啡廳
走近一桌桌盛開的話題
那沒有我們的事
燈點好了。沉默各自被各自累積
成了一座堤防；
恰適我們各寫一封信
贈給彼此
彷彿入夏的蚊蚋就是信差
不斷，
的句子寫了又斷

海洋像一張床
陽光照耀著海
又反映著海藍色的天
離彼此最近的位置
約好今年疫情結束後

看海

離我們最近的夏季

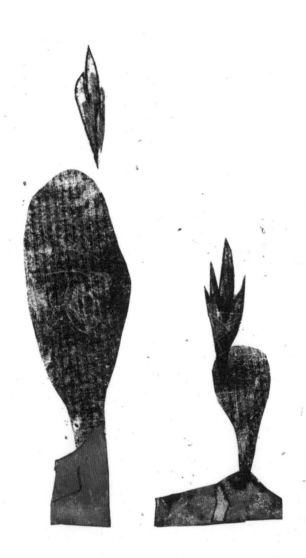

預約旅行

——用一個人的時間，風光明媚

於是在更遠的山頭，霧氣輕輕披上
說好一起穿著青綠色碎花洋裝
像你昨晚說的夢境
我還順手拎了只白色草帽
風勢徐徐捲來，讓心沉得很低
像你經常掛在嘴邊的旋律

小心眷顧著我們的秘密
童年的街不斷變瘦，可樂糖的味道還留在指尖
篩著句子寫入日記：
「本週全台有雨。往返夢境時記得烘乾
我們習以為常的姿勢」

穿撥於日子與日子之間。
我們指認裂口，很認真的去遺忘這些暗示
很認真的去拍好一張合照
這樣很好。我希望你能再對我說的。
好像只是昨天說的，
當大雨前的天空成為壅塞的道路

世界終於成為富含銀質的隱喻

一直跟著習慣在生活
習慣跟著天氣預報規劃
在固定的時間，為窗邊的盆栽澆水
包括早晨習慣的一杯冰黑咖啡
算準時間的裂口而順利搭上列車，沒有半點延誤

彷彿夢遊者離開生活。偶爾驚醒而突然想起一句
難得可貴的句子
在找到筆或捧起手機以後
那些字根就像唧著秘密那樣返回夢境

陰雨綿綿，像不斷被退稿的信
沒有半點延誤

理性邏輯
——訪集集小鎮

讀過的日子，
一封長長的信
像即將發出的列車

在陽光正好的下午
適宜的擺設
一枚溢出咖啡香的日子
像逐漸泛黃邊的車票，
緩緩爬出一粒粒黝黑的語言蟲
在上頭佇鎮，入墾後成街成市。

在緩緩流淌的時間
在我們的記憶裡，
曾去過那樣的一片海洋
踩著滾燙的路，
回憶像潮汐襲來，時而徐緩，時而激烈
默默漲高到了腰際；
我們在成長中學會彎腰
學會低頭，學會謙卑

如一粒黃砂
學會像陽光那樣耀眼溫熱
而有人遠方走來
留下足印：
「左腳是踩在沙連，右腳已經沖積為丘」

此刻突然有風
一封被叼至手機裡的信息
彿若一陣潮汐襲來
洶湧而歸於平和，
一顆含著淚水的世界
例如在黑夜裡不斷被喚醒的光
在日子裡，不斷
不斷用咖啡喚醒那些
沒睡好的日子
依然往返在這樣的習慣裡
沉甸甸的難題：
「我們擁有時間，卻不實際擁有著此地的時間。」

路過我們曾擁有
遠方的那棵樹，
停擺的鐘像殘留年輪的斷樹
有人數著刻度，數字像郵戳
拉緊兩地之間

輕輕從指尖滑出的雪絮

時間緩緩泛起黃邊
在陽光逐漸沉落得傍晚
一封長長的信
像即將回訪的列車

列車上頭亮起的燈是好幾束璀璨花火，
是逐漸散去的煙塵
「四方來聚，眾商雲集」
我們聽。在音聲的河上，時間緩緩流淌

探詢

星光是忘記衰老的汪洋
我沉默的沿著小路
彷彿全世界都往一次的呵欠撤退
我匆匆的翻山越嶺
找出通過等待以後的答案：

等待不一定會有答案
而生活有時也被忙得像
牆邊被擱置的紙團
被揉皺，被斑駁，被刻意
忽略的秘密。

於是我起身撿回
看到一匹黑色的螞蟻從牆邊的縫裡爬出
像筆畫裡總漏失的一筆劃
想彌補這個年紀的常別字；
時光是充滿銀質的嘆息
在即將老去的廢墟，沒得選擇
已經不想要的。或者要不到的。

一滴熱汗緩緩自髮尾滑落

通過肩帶，通過長長的背
通過長長的孤單
還有不算短的日子，跌落細縫的螞蟻
他輕聲說：「不疼的，沒事的」

我的胸口有時是個黑暗的貨櫃
入駐的小鎮，小小熱鬧
悠哉填滿小浪的顏色。
而生活依舊在同一時間裡
被對摺，被妥適的擺放
「也許你已經過去了，
那些總以為過不去的」

接著整理好一趟旅行計劃，
不多不少
從早到晚延長的夢：
偶有閃電、彩虹，還有陽光
穿入每天走出的窄巷

浪跡

於是這回經過聖山的時候
離陽光最近，卻突然密雲籠罩。
以前是被拉著上山的
──學著呼吸，學著處理。學著學著
就拉著另一個人上山。

拔山倒海而來的雨勢通常沒什麼預兆
卻突然想起在稀微的虛線中
甚至在下巴長成一大片草原
想起經過聖山一次，又一次的悸動
所撐起天空的模樣
漸漸開始懂了而哭著笑著
日子隨著風起伏，像一道道不規則的浪
還有很多路要走，卻始終面帶微笑

足跡

0

你要包容，世上的光影，亮著笑。而你要包容，不必太多的翻譯：一種語言像橋上的單向道，你不斷選在陰影裡著地，接住一道道的詞彙。安身立命，而相隔的影子太長，來不及包容著

1

消息逐漸靠近，滿街的人都備好傘
儘管你們閉口不提
放在心裡很深很深的地方

而有時會傷心
希望對方記得的事
是在小溪裡飛滿的星
美麗，短暫，卻顫動
到花瓣落了下來，
像一幅以為能輕易聯想的畫
卻難以形容；

像不知如何著力的關心
你沒有講壞，只是不愛說謊

只留下關於天氣的話題

2

好像一切水落石出了起來
那荷葉半邊以外的
一段邊緣，一段
伸出長長的爪
那些令人心碎的舊事
在白牆之前，
風扇在身後規律的轉動。
汗水緩緩的滲透外衣
在半邊以外的陰雲
好像才剛剛開始的日子

回來

　　——有種傷是來自於記憶的美好，
　　　而只能想念

我們對坐，世界的脊骨都縮在這張書桌
沉默延長到背地的書架上，
我開始練習寫字：「究竟是放晴了
」一起準備適合旅行的季節
氣候老是疲憊不堪；
最後在紙條留下的話題，
「僅僅是等待文明」

夢裡的你剪張影子給我，
一起在肩上搭起黑夜
搭起銀河與星星，沿著幼生的辭彙在
時光的縫線——
音聲的浪潮上，再搭起月台
規劃路線，記得回家的路
還有取個微不足道的名字

我們進入列車，前進的時候
劈開都市也劈開高峰

你在房間裡，安然的扮演一座牆
總會有太陽與月光，有熟悉的一生
明天總會來到。你說這樣很好
將夜晚挪到一個靠窗的位置
方便開燈。裝水。走路
還有聽著雨下著，而座位後的盆栽
不知不覺高過時間的重心，傾頹某側

「刻意忽略過錯，忽略爭執後的
尷尬」開滿的香氣像霧
但你離海浪太近。

事實很遠，遠得讓我開始練習寫信
等著葉尖滴落的露水。在皺褶的海裡找回位子

聲音安靜的搖晃

最近比較安靜了。經常想起黃昏時的蟬聲
枯葉般燒起。骨節彼此摩擦

以腳尖化為圓心，旋轉、起飛，如飛鳥
擦過天空虹霞，佇立時
丈量宇宙深度；
無計可數的汗水遍地揮灑
時間化身河流。一群又一群的人來來回回
擁抱平原，擁抱田地
更該擁抱著那些不小心被忽略的話──
用愛包覆的繭居，在窗外懸宕的蟬聲

有人開著車走進山谷
帶著錄音機為了尋覓歌聲
尋覓川流與鳥鳴：
清脆的陽光拉著車子跑
為了記錄這座島嶼的兒歌，
為了一起唱進這塊土地的心聲

昨夜的海落在背後山上，比雨更深
比皺褶的房間更深，更加無可比復的寧靜。

我蜷曲著背。準備一支舞，像背離世界卻接近真實
像一部畫，世界就此動起來了。往遠方起點的牆垛搖搖晃晃

往日

收納字句，沉甸甸的
缺角在草原佇立，
彷彿充滿心事
陸續從黑裡透出的光，著實是畫好了遠方
甚至為了盡頭而來。
比如面對你，表情這生活的近況

你試圖書寫，
午夜列車穿過親親如霧的一刻
順風的飛鳥，還有風聲遠去；
將日子安置在軌道上，身旁有時光的海
靜靜浮現波紋。有人再次離去
季節排列組合——當前的魚藤、
等待降下的雨點與不尋常的浪潮

似曾相識的感受
在日出的甦醒：陽光格外寬厚，
聽說下午即將降下雷雨
我穿過湧動的樹林
趁機脫逸心事，突然在嘴邊哼起的老歌
「說一個秘密。幸好時光無恙」

列車復次來返
你我不必妥協習慣
不必為莫名的憂傷找到理由
我們遠望即將降臨的海，等待、交談，接著道別
遠到的風聲。不尋常的浪潮
隨舊山線復駛，適合聆聽，適合傾訴
適合趕上文明。向典故匿名
「再說一個秘密，設想更多的緣由」
於是來不及說的、難以啟口的字句
緩緩達抵。經過時光淘洗後依然鼎立。缺角依然佇立

妥協

—— 指認車票上的期限，卸下富有知識意
涵的物質性

那個夏季格外炎熱
經常濕了又乾，乾過再濕去的
衣角。似乎留下了鹽粒
想像不間斷的等待，想像
不斷失去，再次擁有的過程

而窗外的引擎聲持續發動著
停留在原地；
「你要遠行」有人呼告
不斷催促著追逐數字，下次考試出題的頁碼：
背誦著時刻表、年次、收入，
還有幾次我必須向你學習
當你勇敢說出「你是唯一」
而這座城市
深淺不一
歲月是在你背後留過的河
你很好說話，文明留在岸上
而我決心

等著大海降臨；
而我，
那段習習涼風的無聲夏夜
再也撐不起的城市

你的心念會飛
尤其是離開後留下的羽毛
不斷提醒自己
過分的情緒，
最安穩的時刻——
我們閉著眼睛在甜美的青草地上
背上濕了一大張
夢的四肢，比我們想像都還要更長更長
而一切來得剛好

想像生鏽的鋼骨
有人在底下重新命名
構築傾斜的天空，等候陽光

穿入，我們從遠方移民穿入人群
抬頭見到一片傾斜的
闊葉林群。那個雨季又快又急
我們躲進列車
找到並連著的空位
想像安插生鏽的雨季
你試著讓我表達，
重新命名

想像著夢境裡空無一人的睡眠。想像著充滿虛線的交集
賭氣的屢戰屢敗。無條件的遷移院子裡那頭灰色大象

換喻

——永遠不知道說的下一次，
是不是真的存在

與時光交換一場默契
深夜被床搖醒，意識到世界成了一片
幽幽深海。
我游到冰箱前
打開光亮，好像被夢境摔進一艘船內
「與你勾著小指
緩緩柔柔劃過掌間，穿涉散聚如流的時光，
你的笑容很深」
我們把畢生的光亮都跳在這隻舞裡

我們交換默契與目的地，節慶這時像
一片荒原，彼此曾在舌尖上建構樂園
用唇音拼湊一座小鎮。
為了寄存這些瑣碎
計劃下次不顧一切的旅行
吐著霧氣，來到空無一人的車站
亮晃晃的閃過迂緩的語氣
世界化身成一輛穿破黑夜的公車

我將來不及離去的季節拎起
拎起不斷被積累的詞彙。
我沉沉睡去，車子不斷在黑夜裡穿透
直到耳朵裝載左右窸窸窣窣的牙聲
努力將自己想像成一尊植物
別無所求，在疲倦裡
讓日子安然流過
直到嗅到朦朧的雨氣，
已抵達城市邊緣

他們撐著傘，在車下等著認領
他們步行的速度像錫
在眼神薄弱的時刻，
像被壓抑一次又一次守口的秘密
冰透。堅硬。靜默。蒼白，令人忍俊不住敲擊
卻如滂沱雷聲響亮。

赫然想起第一次被深深打到的音律
我像植物。卡在床的裂縫。冒出嫩芽。與外在展開的第一句
問候

葉脈

——看到父母邁向的老，自己卻無能為力

(一)

陽光沿著海平面，在季節裡凹陷著
沿著前方逐次敞開風影，「打轉在
遠方的草原」
那首不斷被播放的老歌
在被襖的縫隙自成一世界
可能一段床邊故事，一扇被輕輕闔上的門
一尊石像，同山體棲坐
打轉在生命的輪迴。
佇立。像海那樣不斷等待且穿過

(二)

我在收音機的刻度上，用紅筆落下
一點一點的記號
落在那些你喜歡的頻道；
落在連日大雨後的陽光
亮起的街景像我們的收藏被重新放置，

調整旋鈕：安排歸程
等待電台召喚，我們練習收納。

（三）

沿著遠方的海岸線，
浪花一捲一捲的撲上來；
在褲腳上濺上一點一點的粉紅色水珠
交換雨季。再二十年後
走進街道的幻覺
懸日落在兩排的屋子中間
像輕易切開的行事曆
路走在這格線裡。等著列車
開出，沿著記憶深處的海

列車在霧裡緩慢經過日常經過
時光的樞紐。面向遠方的海
潮起潮落，想著被留下的時光……
汽水糖、玩具、媽咪與爸比
是否只有遺留的
接近著愛與夢，以為太過熟悉而用刺痛的語彙
不留意的割傷彼此
列車不斷走過，我們不斷為此道歉

(四)

或者應該在歸程中，指認年輕的座標
將你認為的文明
連結成一面弧型的網；
陽光落在這格線裡。像輕易切開的
奶油味早晨，一桌擠在一家人裡
氣候涼了起來
索性我們將餐桌搬到十七樓的陽台
面向陽光，面向城市，也面向青春的草原
我們等待電話響起，
在規劃好的行程，規劃改變自己
規劃在保存期限內，
像光。落在面前不遠不近的路
一片蔓蕪雜草
似乎與世界無關。
當風拂過，是托著裡頭複瓣的花

像皺摺那樣靜候著。像海那樣。一片無際的浮浪
與修辭靜峙，與海平面冰釋前嫌。以及向空飛去的水鳥

運氣

日子不會突然就修好我們的心
走在日常的路上
日光晴朗，依舊
疲倦的走進翠綠的田邊
當風吹進——「有什麼值得放不下心的
有什麼不值得帶離的」

有人在遠遠的島嶼上
聽說瘟疫蔓延。幸好你們也很好
想起一部幾年前說好
一起去看的電影重新上映了，
我站在稻田中央
當陽光照進
波浪介入，深藍色的油墨
在不著邊的岸
輕輕撥開溢出的海
還有遠方，盛開的藍天

有鸚鵡停在一棵黃得正好的芒果樹上

尖端

　　——在返回的路滿是荊棘，在漆黑隧道裡
　　　不斷前進

說一句話，聲調順著山坡
起伏由上至下，四週的蟬聲鼓譟
像幾句孩子剛學會的單字，
不斷複誦著
雨後殘留的倒影。
風勢依舊沒有太多預兆
遠至的訊息例如被活過的日子、
折射的光影，紛紛披散在書上
轉眼時光穿過；近在眼前的田埂
孩子剛開始練習寫著

最好回到當初的壞脾氣
但最好的天氣。
我們不必說太多謊，
也不用光打開地圖就一副愁容；
你摸索著日子的走向
小兒子放在右手邊的學費單，
他們的笑聲一串一串的

聲調順著日出逐漸升起
來到宇宙裡，放到應該被擺放的位置

天氣好得像颱風不曾肆虐過
太好的陽光
幾抹白雲底襯的藍天
從列車移動的窗外望出：
移動的車陣，移動的時光
孩子們逐日抽高，換上新衣
他們笑得像街道遠方望去的夕陽
一串一串響叮噹
始終捨不得合起的小說
書背鼎立著，是喘著氣的山脈

你揀起了它，隨口念了一句
聲調起伏由下往上
笑起來的盆地：乾枯的兩三句話
房內轉動的扇葉。滋滋作響，不斷重複
昨天也好。明天也罷。夏天冬季
最好回到當初的位置，當初被活過的日子，以及身旁的人
像孩子剛開始練習寫著寫著

穿流

你的情緒是屬於河流的
穿過有霧的客廳,雙手交叉著
抱在胸前。就像深怕把自己弄丟了
把回家的路給搞丟了

睜開眼,每天是一次的出生與死亡
盯著時鐘,等候船班
慣性從家中彎出
而你母親低聲哼著歌——
逐漸成調,像逐漸有模有樣的雨勢
稱得上是靠近海;
你在手臂上抹了沙
記憶還是零散的,被風舉起
被浪沖過

突然對日常感到困難
按時提醒那些夾在深夜縫間的夢語
那些名之為家的
漂浮著。在河流之上

在你涉及時間的日子

已經走進深夜的中途了
飽滿，卻不溫馴
那裡有座湖畔，順手撿了幾顆石頭裝進瓶子
透過湖面看看自己
頭髮已經白了幾根，皺紋也是
還有那些丟不掉的事情

看到來自遠方的花火
像在傳遞某則訊息
「近來安好。你那邊的秋天來了嗎」
依稀在地球反面；
我們突然就已經壯碩成一片大霧
一則解不開的夢。而你指認樹林間的
螢火
飽滿，卻不溫馴
還有那些被想起的孤獨
隨之襲來。呼嘯而過
週日的清晨，鮮奶油吐司般的陽光

一天過得比一天少
清晰而條理

邊界
——致陳篡地醫生

像一般即將脫離夢境的列車
曾經盛大的青春
在神靖丸號的底艙內
間斷而惚恍地睡著、醒著
始終像見不到光的深夜
身體與意識都被黑暗吞噬

想起曾擁有的那則黃昏
瀰漫如霧。
想起那些盛大的慶典
在路邊那排相思樹靜靜搖落
在二林的所有恬靜;
在濁水溪與八卦山旁,清楚聽到
這座島嶼的心跳聲。

驚醒後,發現自己身處在海軍病舍裡
把背駝得像座荒蕪的小鎮
想起阮愛國的意識
「註定要歷經那些被歷史打了結的時差。」

咬著牙，挺起腰桿的活著
讓世界活到讓自己清楚寫下的模樣
守住民軍最後一座堡壘
不斷讓自己磨損。
時光再次陷落於被運往越南的路程
在西貢峽灣遭到擊沉，
滿天飄下的燐火燒響這個世界

看著身邊剛結識的朋友
在不見光的海，載浮載沉
像在深夜裡被陷落的那些夢境

再次想起那些擺盪的生活
時間依然一圈圈地轉
在外面，有人再次圍起了與外界的距離
圈起了我們是是非非的立場

或許你會再想起那不具名的
那漆黑冰冷的夜晚。生命終於暖起

• 陳篡地醫師，彰化二水人，曾在二戰時被微調搭乘神靖丸號往越
  南行醫，結識胡太明，在 228 事件後，以斗六民軍隊反抗脅迫，
  被拘留獲釋後，終身處在特務人員的監管下。

城市游牧生活

活著是累人的，我想我們心裡有數
特別在面對無可避免的無奈
依然要擠出笑容
向他人解釋：
我們很好。真的
想當然秘密不是這麼容易得到答案
於是點一杯珍珠紅茶
填補那些心裡的瘡孔

事件持續發生在電視新聞裡的輪播
以外。世界太大，聲音太多
特別當我們看到有希望又被戳破時
才開始有人注意
大雨過後，我們依然無能為力

於是開始在回家以前
在外多留十分鐘
練習整理一些簡單的話，寫一點美好
寫一點笑容
再寫一點人情世故，那些差點被習以為常的小事
再把自己輕輕的落在紙上；

而活著依然是如此累人的，
孤獨又絕望。而僅僅需要溫柔看待著

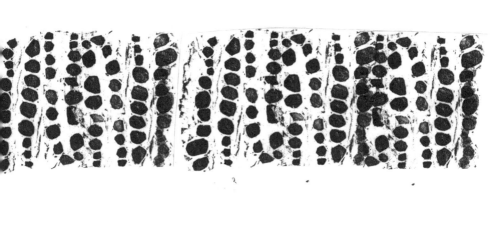

察覺

—— 面對無法改變，仍義無反顧的前往

時間的臉被寬容隱喻著，
是風
是流淌的河。時速約莫 254 公里
穿過青田，穿過霧
葉尖滴落的露水；
在指尖上遺落了氣味

於是突然緩下來的腳步
像一面網子，將四面旅人來往的方向
張羅在穿過黃昏的日光
柔愁，詩意，並且多感的
而一串長長的列車從蒺藜旁劃過
嘩啦啦的把日子載走

一個人沒看完的電影，一些對自己的問候
一切當靜止下來……
把草原推著更遠；倍感寂寞
朝向遠方遠足，世界一見如故
「敬啟者：往後幾日預報

有雨，夢境習以為常
於遺憾、遺落間。走過」

走過，氣急敗壞的雕像
走過，槓桿般的人際關係
走過軌道上，季節指認在座位上
毫不偏差的——為自己的理由找到鑲嵌的缺口
而齒輪得以轉動
轉動橋墩上的車子們

載著美好的天氣上下課
循著遠方。拉出一條路線
像一根繩子；將八方旅人來往的方向
簡化為雨水穿過明天的模樣
一列長長的列車
秩序，有模有樣
被不斷仿效的
穿過隊伍。穿過
泥巴的氣味，而家總是如立

過境

約好明早讓自己站得像光影
一再確認清醒著

好好講話，嗅聞剩餘的氣味
為再生的世界
測量，探望，踩入鬆軟的
街道。你被歸入
半杯的，時光。聲音
被仔細的刷白

白得讓你的難處
擁有可以挺立的處所

讓自己站得像光影
直到巨大的海洋包覆

用廣義的辭彙探視：
「生活不會總是一團糟。

只是你的太陽還在趕來的對岸只是
好好找到光的位置

丘陵地帶

看山看海，邊睡邊走
週末是丘陵
你的昏睡是高山湖泊是填補
遙遠旅行的願望

看山看海，走了好久好久
突然忘了怎麼笑怎麼哭
忘了怎麼停下：
接著與身旁的人圍著
圍著，等待日出
——等待一個迎接的儀式

開始看見被燃起的雲層
一群被填補的丘陵地帶

陪伴表演

即將邁向週六的夜晚，被裝扮成復出的樂園。你穿過荒廢的摩天輪、生鏽的水緩緩滴落，形成缺乏意味的雨。廣場很大很空，幾乎可以容得下我一輩子的夏天。

在黑夜中，不斷迎來遠方來往車輛的光，他們來來往往，像是每週、每個月，時至每年頻率的往返，照著時序的規則，難以記數。時間就這樣緩緩劃過了；於是你忍不住好奇的打開每一座荒廢園區的房間，機關卡卡作響，插上電，點亮光，重演青春，重演節慶——三重的重，青山的青，而廣場幾乎輕得像滿載星光的夜空。

數著星星。

數著跌倒時，近在眼前的石子。索性平躺地上：天空還是好端端的掛在那裡。你所期待的日出，醞了一整晚，像準備復出的樂園。有天你會知道。那天的笑容，你想念你自己。

時間是海

之一

我知道你還未走遠
在機車上，留在後座的那句告別
留在邁向秋季的晚風
像被剃去的髮根，突然走遠的夏天
好好睡好好睡
睡夢裡跟你說幾個小祕密
：「當你倒過來活，你會發現」

睡夢裡跟你說幾個小祕密
好好睡好好睡
像被剃去的髮根，突然走遠的夏天
留在邁向秋季的晚風
在機車上，留在後座的那句告別
我知道你已經走遠

遠到遠方走過的堤防
那麼近那麼近
穿過凌晨突然下起的雨：合身
時間與提問都不曾靜止

搭過的車班、穿過的街道
沒有數字是高於
有你我的時間
不低於我穿過的黑夜

那麼靜那麼靜
吹來的風突然像擠了愛情
而高溫融化的牛奶糖

走了很久很久
才想起口袋還黏著這顆糖

之二

當你非常疲憊的
在蜿蜒而長的道路上前進，
或許開著車
像個移動的音樂盒，
再將車窗打開些
擁進習習涼風，你走過的季節
我以為那就是一本沒有寫好的書
尤其痛苦的妥協；
在長路的盡頭閃著幾顆讓心澄亮的星
當你依然疲憊的

疲憊的走著路
鋒利的芒草像我走過的年輕
是黑暗裡的
指認，染上身的香氣
在一千七百多個日子裡
在溫暖裡，擁住一本不算薄的書
「你是山，時間是海。」
而你依然疲憊
不畏遠，不懼難。
在蜿蜒而長的道路上

之三

時光靜了，你是緩緩的記得
不斷懷疑與叩問著
歸去的海岬；小小的青苔
我沾沾自喜於趨光的波浪
當你指下划過的影子。
在礁石旁躊躇
是緩緩凹陷的陽光，
適當安置在即將來到的雨季

之四

在夢境裡，凌晨一點。我們等著流星雨，相視而沉默的微笑就
是隱喻。

隱喻沒來的流星，鬆動的雨水，以及所累積的陰影。還有一句滲透在我們的時差；等不及的夢境。依然是夢境裡，我醒來，窗外的雨勢慢慢將窄街累積成小河。尤其在換季之時，習慣的抑鬱，習慣保持距離的偽笑。

「真的遺失了呢？」

「於是只剩下天氣，剩下我們多的一天，少去的夢境。」

之五

結束像夢一樣的今晚。是像夢境一波波突然來襲的潮水，嘩啦啦的淹了過來。並將自己的影子留在對岸，頭頂的月亮此時倒像一顆渾圓的陽光：比誰都接近，不敢輕舉妄動的日子，好像一踏出。

時間就嘩啦啦的像夢像潮水。一向難遣的來歷。

難題

在你的呼吸裡生出草原
連接著奶油般的
陽光。關於我們生活的線索
不斷打斷思考的來電；
關於那些塵瓣，漂浮空中
你穿越到巷子另一頭
在影子與影子之間，
陽光不知不覺就走得很遠
像那些突然很遠的往事
當你清醒，近似那隻從窗口跳進的小白貓
「如果我們能一直留在這些單純裡……」
而如果你，
突然想起那些生活的線索
如果明天有雨
落在草原與草原之間
我會等你。
等到很晚很晚以後
一個人走到街口
而不留下期待

萬聖無疆

在萬聖節上，你選擇裝扮
裝扮一個看起來很好的人。
突然聽到一首歌
突然就接受放棄了，
對於一件堅持很久的固執；
遠方開始下雨了
像一則圓滿的夢境，睡醒後伸出手
「久候的訊息沒有到來
而我離晴空那麼近，
遠方開始下雨了
泥土的味道，還有一個人的海洋
而你離孤島那麼近；
不敢太早睡，怕時間從指縫中溜走了
你不斷試著接近
對於生活理想的雛形；
但當扣下了門把，
你的路成為一道光束
被遠來的列車載走
遠遠的。成為一彎彩虹旋掛在這頭
難題已足以讓我們沉默：
「哈哈。」我寧願相信你是發自內心的

活著活著很好

活著活著很好

是為了人作得很好

時間是漆。穿過撞擊

前輩前輩的繞著，

繞著不需要被看見那些細節

而活著，不斷重複擦拭

偶發著憂鬱；

像一張始終未被挑選的明信片

撬開他人的問句

（有問跟沒問一樣）

下午七點吧，把一天完完整整折好

疊好了，然後候車

車上站滿了人，你拿起手機

尋找憂鬱的一百種症狀

「人間溫暖。」

路途是漆。你尋找輪廓

活著，「只是缺頁

是缺了角的海

是被玻璃撞傷的魟魚」

書桌上馴良的像剛停下雨而抽起的線頭

整理成原狀。像時間通過人潮後而變瘦的車廂

晚安晚安

人生還長，對你的我的憂鬱先生來說
每個步伐長得一樣
卻短得像突然就丟失的黑夜
對於你我可以愛的這個世界來說，
人生是充滿凹陷的
凹陷的音節，凹陷的季節還有凹陷在日光下的
一杯黑咖啡。早安
一陣雨
瘦瘦的
一陣風，空氣突然輕薄了起來
不知你是否睡得好。
對於你我可以愛的，
「這些機會是不屬於我的」
一無所有，人生還長還長
遠方漫無邊際：
路口
凹陷著。每個步伐。黑夜。
晚安晚安，多年前後
我笑著
這條河顯得輕輕長長的

雨後的索引學

　　我在你的背上看到日子。他高低起伏，他像一列長途火車旅經的軌道：習慣點了一杯黑咖啡，望窗外下滿了雨；或者。降臨的海；想起在上星期日夜晚，他慣性拎起行李、挨過人群，更久更久以前，家鄉成為一道河流、一串語彙，且背起了溫和的個性。回到房間穿越峽谷深處深處像我們躺平的背無數次說服自己，再次無條件的付出。

　　穿進長廊的深處，深夜被語言包覆。慎重的揀選書目，想像自己在一片草地上，身旁有一隻不便於行的灰色大象，「有一天，我們會走到那裡」而那時我已是老人吧。他像是微笑的看著我。接著吐出燦爛奪目的彩色泡泡，像是無數穿過季節的句子——刪了又寫，像是神明被供奉著。

朽夜枯井

　　那把爐火是夜的敵人，一項難遣的來歷：出發、死亡。順
而愛人，愛向面海的窗子：黑色的海；黑色的謎底，黑色的，
瘦腳踝。唯一點亮的，是缺一話題不可的夢境。在入口處，晦
澀的句子像不受節制的潮水襲來，淹沒早已布置好的蓮花。而
心心念念，想你想我抵達的，搖晃著宇宙碩大的形體。一把歡
笑聲一把嘆息：掉入黃昏；燃起的爐火。

　　我的房間向海。想像通往井底的路，在發著銀白色的霧前
飄飄蕩蕩——乘著椅子，鬍子悄悄長了、白了，打結了；在抽
屜裡，不合用的手機，不合時宜的政見，以及不不小花貓，一
串陌生的腳步，等待讀信，等待離家以後，帶回晦澀的果實，
一向難遣的記憶

沙丘

又投宿在落滿陽光的去處：滾燙、金黃的沙丘。夢境才起身踩下就陷落進去。自腰際以上，他的：才是世界——以下是墳墓，我的。我們的。風雨。曾經興革理性邏輯的理想。雨勢席捲而來，天空因此擴張，你放心的睡去，徹夜複習一次的風景。日常的亮度。秘密遷徙的沙丘，世界站在局外，所謂愛，所謂被不斷擴大解釋而無感的語彙；想起在星座預報裡與自己相關的細節。你緩緩點了幾下頭，好像比誰都熟識（卻比誰都不敢輕舉妄動）；過日子，一陣鄙棄，卻還是目送他們離開。直到穿過街道的轉角處，在黑暗裡消失。

第二篇
岩洞

犄角

　　那是在大學的一個清晨，剛失去一段感情像失去身體的一部分。好幾次在夢境裡完成帶有遺憾的事項，一件一件的勾選、一次一次的清醒，而始終沉浮在夜裡，舉步維艱，臣服且擱淺於丟不掉的回憶。然後一年又一年生日的慶祝，下一次的旅行，五點了，明明應該天亮，黑夜還淤積般的停留在這天。

　　索性從床上抽離出來，騎著車，沒有終點似的從山腰上的校門往下走，天空慢慢轉亮，白霧四週揚起，那些山路邊的景色全部被覆蓋住。瞬時瀰漫霧氣的山路彷彿一道長廊，小心翼翼的，緩緩下坡、時而顫動。

　　我在一個熱鬧的跨年，一個人走進電影院，沒那麼孤單的跟著一群笑聲，哄著抬著，把時光它默默在視線以外，都過去了。

　　過去了。而你有時會不經意的發著呆。儘管有人同你說一件事，我相信你是在這裡的，但你表現的正好詮釋了「若有所思」。人在，但過去了，現實不斷被某一個聲音入侵，淹沒在你的耳朵裡，「你在聽嗎？」結果你開始被這樣追問。

　　現在回想起，那時的快樂是有硬度的，像在兩端彼此呼應般的生長。剝落了，那就再來過吧。

　　過去了。一連串的雨過去了。沒有了誰，也沒有誰可以讓我們再更堅強。

那段見不得的時光

在面對困難時所選擇的姿態，經常決定我們生命的前路。

曾有那樣一段時光，歷經以為是黑暗無路，但在筆盒上的幾枚貼紙，拉回自己想起最純真的初衷，即使再次面對陷落的情緒，總能提醒自己提起勇氣，重新出發。

曾有人說，憂鬱症是會彼此傳染的。我想是因為當一個人陷落下去以後，身邊親近的人，很難去拔出在那樣的深淵裡。然而，那是在好幾年前的往事，每當想起總是歷歷在目。就像是一段與自己不對盤的時光，在上一個公司結束營運被迫要找到下一個工作，原本沾沾自喜馬上接到另一個工作，沒想到接連幾個月拿不到薪資，老闆跑路，再加上家人正因病需要住在松德醫院一段日子。

即便遠方的親戚告訴我：「幸好你看起來非常樂觀。」但那些家裡的開支與帳單如雪花般飄來，卻形成最重的負擔。看著自己的存款不斷減少，甚至一度只剩兩位數，完全不知道明天該往哪去，又因為好強的個性，說什麼也不會告訴人這樣的窘境。在那段看不到疾病終點的日子，不僅我好像已經忘卻窗外的陽光是什麼樣的顏色、是什麼樣的溫度？然而，在那段時間，無數次都曾想過，跳進洶湧的車道，或者一躍而下，作隻不能飛起的鳥。

或許也因為有著相似的遭遇，以及早已被鬍鬚與憂愁所掩蓋住的面容，好幾次去探望親人的時候，其他病友的家人，總

是親切地告訴我，「如果哪天累了，就放下吧。」甚至醫生也好幾次主動邀請我與他們聊聊。在那段時光裡，我卻始終覺得自己也是那間醫院裡頭的病人之一。只為了想撐住一個所謂的家，說服自己還有許多未完成的任務清單，家中有許多需要照顧的事物，因而撐著這樣的眼皮未曾潰堤。即便心裡的悲傷與鬱結卻從未少過——就像在頭頂的低沉烏雲，一不撐住，就要失控而降下汪洋大海。

如何面對自己，一直是一門不斷在學習的人生課業。

有時候，生命突如其來的狀況，不論是好、是壞，沒有任何預兆。

在某一天上午，手機突然響起。原來是某間小學的教務主任，因為原先的老師因故無法到校上課，需要緊急找一位代理老師。剛開始我還以為是新的詐騙方式，原來是之前曾誤填的應徵資訊，就這麼巧妙的在他們有急需的時候派上場。而我就這樣陪著這群孩子，帶了他們就讀小學的最後一個月。

因為那間小學地處偏僻，招募老師不易，教學的科目從拿手的國語、數學、甚至體育課，看著他們每一個歡笑，都像是無比生命力的展現，彷彿提醒著自己如何發自內心的歡笑。那時因為沒有太多控班的經驗，就用愛去接觸孩子，憑著熱忱不斷去學習，也才發現填飽肚子是那麼需要知足的事。看著他們的童真，不禁想起在我們長大的過程，從「做自己」到「找回自己」的變化，每個孩子都像獨一無二的齒輪，隨著在現實與職場上的遭遇，不斷磨平自己的稜角，以讓人際間的運轉更順暢。也讓我開始思考，到底該用什麼樣的態度來面對人生？

在畢業前一週某天的課後輔導，整班的孩子鬧哄哄的。趁我去廁所不在場的時候，圍在我的桌子四週，似乎在對我的筆盒動手腳。他們圍成一團，就像一群採蜜的蜂群，當他們散去……原本陽春的筆袋，多了幾張他們從零食上所撕下的幸運籤貼紙。

他們看到我困惑的表情，一口接著一口的童言童語說著：「這樣老師就能大吉大利！因為我們喜歡你，所以希望我們離開你以後不要太想我們，還是要好好過生活。」這群孩子說得一點也不害臊，卻彷彿是回應當時所面臨的人生課題。有時候，當我們以為是自己在教孩子的時候；其實，孩子正用他們最純潔的心，帶著我們回望這個世界的可愛與美麗，還有那股生命的堅韌。那時，我看著他們如陽光般燦爛的笑容，還有在他們身後落下的金黃陽光，也準確地投入操場的籃框。

生命總會有一些時刻，當以為窮途無路時，簡單的一個動作、或是物品，就可能照亮那些灰暗的角落。在那段生命最不可堪的時候，粗獷的遭遇卻能提醒自己對其他人應有的包容與柔軟，使自己的生命磨得更加燦爛。

因為曾走入生命陰暗處，始終期盼自己用一股溫暖的能量，以同理心帶給更多人溫暖與快樂，讓我們都能夠持續勇敢走下去。

你才大叔，你全家都大叔

　　一束白頭髮，一束反光的時間，與青春背道而生，如芒草般開張。

　　我們都將老去，成為他人的大叔與阿姨。或者，這世界需要更多年老的姿態，與青春陳替的姿態運轉。

　　在同年紀的朋友間，通常我的容貌是容易顯老的。或者說，時光預先在我身上擺了比較具有重量的證據。比如說，在國中時我就擁有早熟的臉龐，當時，我的大叔告訴我：「這是老起來放」，我卻自以為是早慧，具有老靈魂的象徵。儘管在同儕間，我的成績與身高沒那麼出類拔萃，但他們很快運用到我的優勢：買酒、買菸，在道德的禁限前，用一道屬於青春的輕狂來粉飾太平。

　　容貌可以粉飾，制服不行。第二次在便利商店裡，買的一打啤酒很快就被識破。被看穿的原因無他，就是因為我當時緊張到忘了換下中學的制服。還來不及享受畢業典禮後的那些酸甜，倒是讓我的皮膚感受到被教訓的苦辣。當天晚上，我被逼著要盯著一整晚的冰箱面壁思過。

　　悶熱的天氣很快讓我的汗珠排列在臉龐，以及身體的每一處。矛盾的更是我隔著一扇門，裡面有沁涼的飲料，而冰庫上方有冰天雪地的涼爽。就像是始終隔的那一扇門，對於那臨門一腳，我始終是穿不過去。

　　那是在準備升高中大考的五月，每天的時間都擁有一種邏

輯——固定的時間起床刷牙、搭車考試、念書回家，就像是固定的生產線工程，固定的流程到甚至連搭上的公車司機都是同一位，然後身邊的乘客幾位也是熟面孔。面黃肌瘦的西裝男、淡妝 OL 女，總是身穿一雙紅色高跟鞋，看起來相當幹練，走起路來 kiki — koko —，像是敲著木頭的鳥，還有一位曾跟我在下課時跟我借衛生紙的高中生學姊。那時她剛與交往多年的男朋友分手，雖然我總覺得在那段感情，男方幾乎放的心沒什麼在上面，但是，當局者迷，我想這是千古不變的定律。而我的第一次喝的啤酒，就是跟以上某位固定乘客，在所謂當時的固定時間外，出現在便利商店裡所共享的。

是的，是清秀的他。陪我認識不一樣的世界。總是面黃肌瘦的西裝男。

那天是我萬事皆衰的一天，各種不如預期的事情發生，沒有帶的錢包與作業，反覆折返，徹底打破了我偏執的固定時間流程。然後，晚餐竟然也來不及送到，只好到便利商店裡買一碗泡麵。泡麵，速食，但聽說不好消化，就像不斷用各種公式所背誦的課文重點，在晚自習以後我離開校園，來到校園附近的便利商店。那位西裝男今日倒是穿著休閒的服飾，T 恤與短褲，還有一雙人字拖，在桌上放著幾樣微波食品與台灣啤酒，還有幾張保單與計算機。他手上拿的，是卡謬的小說，在國中的時候，很久前就讀過《異鄉人》，總覺得在閱讀的過程裡，感覺有個卡榫栓進我的胸內，許多口氣讀得令人難以下嚥。

可能許多事情我始終無法讀懂。我想去與班上一起念書的朋友分享，但在下課時，班上就像是野生動物園一樣，熱鬧非

凡。但每當我想拿著書衝去找著老師，他們總是用食指按著我的額頭，告訴我將來有天就會了解的，現在要先了解的，是怎麼升上好學校。於是，我努力按表操課、按部就班的，就好像努力贏取每顆獎勵星星的玩家，彷彿能贏取更多的讚賞，離所謂的人家口中的好榜樣更近些，不斷爭取排名。

然而，他手上拿著的書，徹底打開了我對於閱讀的視窗。我看著他包包裡，露出幾本小說的書皮，作家有契訶夫、卡夫卡、赫曼，透過他的眼界，像打開了我對於現代文學的渴望與視窗。他意外的認出我，並從他手上的小說開展話題，開展成彼此認識的契機。那一次，讓我對於知識有了不一樣的領悟。而他羨慕我還有一段可以不斷開拓的歲月，儘管他曾誤認我是想要享受學生時光，而刻意晚讀的大叔；而他，就剩下無數要圍繞客戶、老闆、甚至家庭，在城市裡不斷留下自己業務的足印，不斷填滿在雲端上的行事曆，並且不斷修補，儘管真實世界裡的他，沒有親上白雲的逍遙，只有插翅難飛的苦衷。或許就是這樣，回家前他會把自己放在一個地方，重新整理自己的思緒，並且有空的話就與幾位文豪聊聊天。儘管，他依然是他們的聆聽者。而我，則成為他的聆聽者。

因此，讓我在習以為常的生理時鐘之外，在那段時間裡有了岔出的插曲。於是我開始利用週末的時候，偷偷溜了出去，跟他討論這些文學的作品。這是第一次感到自在的快樂，能讀自己喜歡的書，並能從對方的口裡，得到另一份來自得到知識的喜悅。甚至在某個週末晚上，當時總統選舉剛告一段落，過程風風火火，甚至連結果出爐仍風起雲湧，許多民眾紛紛號召

彼此走上街頭，我們兩個聊著《十日談》的故事，我在不留意的時候，在冰箱裡拿出了我第一罐啤酒，我誤以為是汽水。那樣的氣泡讓我看到了青春的激盪，那喝了以後那苦澀的滋味，卻讓我永身難忘，好像第一次看到海洋的感受。發現天空的藍，是來自於海洋，我第一次把腳泡進海洋，第一次讀到一首暢快人心的詩，然後在心裡第一次無數次的迴響，像在網球場上不斷被抽打的球，小心的在場內彈跳而不要漏出場外，充滿變奏。

很快的，這段來回抽打的時光就告一段落。隨著他要轉職到外縣市，我能擁有關於他的，就只有他的電子郵件網址。或許我們都覺得這是最好的距離，在對方工作不斷碰壁時，在對方北上的時候，被身邊同事不斷捅刀時，至少有這樣的時間，能夠在閱讀時傾聽作者，並也能有我傾聽他的聲音；對於我來說，或許是在某個時間為了彼此的需要而存在。而我們恰好走進對方的人生。或許，可能有點刻意、又或真是那麼不小心的……我們在留給彼此的電子郵件上，都漏了某個字，就像漏了某個拼圖或線索般的，我們在網際網路迷失了彼此的位置。我們卻能在那些故事裡，找到當時我們給予彼此的導航。

這不一定是要愛情。或者，有太多比愛情更難的功課；更多更多，比好好分離說再見還要困難的功課，需要我們窮盡一生去理解。

當自己上到高中的時候，所結識的另一位熟客，是那位高跟鞋的上班族女郎。她帶領著我看透生命的更多地方，她喜歡用早已世故的姿態告訴我一些關於這個宇宙所運轉的種種，常

常說得我說不出話來，只能眼巴巴的望著她，而她總能帶有菸味的手指把我的嘴給闔上。我們是一樣的生肖，但年齡卻著實差了一輪，儘管她總說，我顯老的臉蛋讓他覺得自己年輕。保持活躍的心是必須的，而他最心愛的，便是她家裡的小寶貝，她獨自扶養孩子長大，但始終不想弄清楚孩子的父親在哪，她將這些稱為青春輕狂的意外，儘管有好幾次，我在她的眼裡感覺到一點……對於其他人青春的那些忌妒。尤其獨自帶著孩子在麥當勞吃著速食，看到許多年紀相仿的人，還能夠享受戀愛的卿卿我我與青澀，她經常眼巴巴的望著那些年輕的人，原本她閃亮的大眼，瞬間灰化、呆滯成一尊雕像，直到她的寶貝伸出小手，拉拉母親的長髮，也再次把她拉回現實。

　　因為怕人欺負，怕人看不起她，所以經常武裝自己成為獨立的強人。一肩挑起工作與下班後的家務，尤其那帶著尖跟的高跟鞋，走起路來就好像敲著木頭的鳥，在圍著孩子而轉的時間裡，她是好媽媽；在職場裡，她是好同事。但我能感受她的寂寞。

　　儘管她總是說我裝老，然後舉出食指，在我額頭戳了幾下，就像在樹幹上「哆哆」地敲了幾下的鳥兒。我曾經以為自己真的喜歡上她了。但在幾年之前，我似乎在另一位朋友身上也有相似的感覺。不同的是，我想保護她，想走進她的生活，而我努力的在做出她喜歡的樣子。

　　我用了省下便當錢的零用金買了幾朵玫瑰花，走到她公寓底下，等著她回家，但我卻看著她牽著一個比我還要顯老……而穩重的男人吧？我突然不敢走向前去，或許也沒有那樣的立

場。沒多久，她的來電不再響起，只收到一張明信片，她又經歷了一次錯誤的愛情。

於是，我再也見不到她。

只有在那次新聞事件裡看到她與孩子最後的相片。

然而，始終是差那臨門一腳。我不敢跨越出去。

而到了大學，在社團裡，我認識了一位女孩。是社區附近那位學姊，幾年前，她曾因為當時的男朋友而落淚，剛好我遞給了她一張面紙。雖然當時沒有後續，但這張面紙就像穿越時空的魔毯，在幾年後，她歷經了大考失利而重考，誤打誤撞，我們進入了同一間學校、同一個社團，談了糊里糊塗的一場戀愛，就和許多青春的言情小說一樣。因為認識而在一起，又因為認識而分開，或許就像那一百零一套的理由——我們都熟得太像家人了。但在約會的時間裡，我能感受到某個時間的悸動與順序，突然讓我感受到一切的發生有其意義。

有太多時候，關於遺憾，那是來自於事過境遷之後的某個很痛的領悟。突然間了解當時自己的不足，突然間體會當時對方的痛，這些都是悔恨，也都是成長的契機。當我們往往很會的時候，通常已經滿身傷了。

這是在深深愛上一個人的時候，所學會的傷。愛，並不是要牢牢綁在旁邊，而是要讓這份愛成為一段生命，能夠改變自己生命的形狀，或許勵志故事是使自己痛改前非、努力向上，但有太多上新聞的社會事件，是來自於關於愛的時候，所難以放下或拆解的部分。

突然讓我感受到，突然自己一回首，再照鏡子。在不知不

覺中，年紀漲了，而容貌……還是那樣的大叔樣。

　　大叔剛要畢業，準備要找的，第一份工作。人家卻以為是中年轉職。

　　老有老的好。有老的便利。早老，對於支撐起一個家，以及提早面對各種在人生中紛沓而至的問題。我看著自己住的社區，也像我的年齡一樣，年輕卻老態龍鍾，不斷被外在的人提前宣告老去，面對社區重劃設計，紛沓往來的觀光客，彷彿改變了我們社區的生態

　　為了生活所需，被迫變成自己可能不喜歡的形狀。每天都在對抗，與自己背道而馳的內心對話。

　　或許，生命就是要活出真正的自己。對於任何東西的熱情，是生活的價值，如果槁若死灰，猶如一個幽靈在這個世界擺盪，這才是真正的「老」。

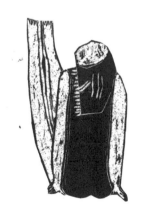

行進之間

　　我經常以為日子的前進像一把箭，遠遠從單向射去，注定要投射在某個靶心。

　　第一次一個人看電影，是在學測的前一天下午，面對倒數的壓力總讓人喘不過去，但總算熬到了這一天。與三五好友們一起到考場預查自己的位置。我們在教室內不斷繞著圈，一圈又一圈，就像電影《星際效應》的永續號在外太空不斷以繞圈所產生的離心力，模擬在地球上的重力；就像那段在準備考試的循環——週一到週七的日復一日，從不會有岔出的週八。

　　接著，尋著號碼，我們逐一找到能夠安插自己的位置。坐下後，開始模擬測驗卷發來的時刻，若無其事的抖抖桌椅，檢查會不會有什麼樣的陡峭不平而影響明日的作答。於是在看完考場之後，突然興起一個念頭，到試場附近的電影院裡放縱大敵當前的魔幻時刻。

　　就這樣，一個人走進發黑的空間，只有螢幕亮著光，就像大人所提醒孩子的，應該朝向的未來。很快地，我揀了個角落的位置，那裡似乎能放置我所有的重心。盯著螢幕的觀眾，就像遺棄外在的世界，像待在漫黑的宇宙裡，有時走出電影院後，才發現歷經一場暴雨過後的清新，後來的我喜歡上這樣一個人到電影院的感受。

　　就像待在漫黑的宇宙裡，第一次看到諾蘭的《星際效應》，似乎就把生命經驗通通摔落進去，將自己就留在那間離

不開的書房內。由馬修麥康納所飾演的庫柏，是位夢想實踐家，雖然那裡的天空總是灰沉沉的，還面臨糧食短缺的危機，庫柏仍然領著孩子造夢，為了追著從天空劃去的無人機，他們穿過玉米田、脫離原先的道路、脫離所有的限制。那駛離軌道的無人機，最後也被他們所拾起，進而成為指向他們未來的符碼。後來，庫柏與女兒莫非離別，時間就鎖在那隻莫非因氣憤摔下的錶。

經常夢到小時候的我與家人一同旅行，當一家之主的父親拿起相機，喀嚓一聲地鎖住了那一刻。大人總是告訴我，當一切經過規劃與計算，就不會有太大的誤差。

然而，庫柏與布蘭德博士一行人，順著老布蘭德的計畫，四位太空人的拓荒就好像哥倫布即將去到未知的世界裡，這幾位太空人擁有的只有彼此，還有不知今夕是何年的時間，靜靜流淌在漫黑無邊際的宇宙。而老布蘭德，他是道德與權威的象徵，儘管他的私心成為此片的諷諭之一。

他們到了第一個星球，所有的計算都告訴他們萬無一失，那裡的水深不及膝，卻讓他們忽略了幾公里的驚天駭浪隱藏在後；面對狂潮的侵襲，第一次，現實打碎了對於純真的信任。這個裹著幸福毒藥的星球太殘酷，我們都在生活裡偽裝著自己的強壯，原來一切都是對於現實反身性的夢。

庫柏與布蘭德博士拚了命地回到船上，底下的幾個小時，竟足以讓另一位在船上等待的團員鬍子花白。時間會膨脹的，莫非從小女孩長大了，這世界面對的危機卻未有太大的起色。庫柏看著螢幕，傾聽子女的思念，發現無法參與的時間，而自

己已經成為孩子的「鬼」——只能看，不能說。

　　時間經常很賊，當我們以為在熠熠生輝時，卻是在不斷失去。有時把一些當下當成永恆，然後時間突然把某個習慣抽走。

　　那是一種最深的哀痛，來自於無法避會的告別。儘管不斷想去阻止，包括任何遺憾的產生。但，遺憾與後悔，卻是建立在所有的成長上；因為有了領悟，才得以了解「什麼是應該的」，這是生命帶給我們的反饋，幽默而沉痛。儘管我們很會的時候，已經滿身傷了。

　　生命很多經驗常常教我們痛快地哭。

　　當這份親情之愛已經龜裂，再也沒有什麼能去崩毀，因為最大的絕望莫過於無視。我突然感應到，太多的不告而別，需要我們能去諒解與內化。諾蘭的電影經常被人戲稱是「主角會喪妻」的電影。或者，也因為如此，我們都擁有許多孤獨的男人。

　　來到第二個星球，冰天雪地。驚喜來自於過去他們所致敬的領袖還活在星球，最後卻換來背叛。對人的算計最後換來給自己的懲罰，隨著弦樂的烘托與緊張，因破損而在宇宙裡翻轉的船，像是被遺棄的時間。庫柏試圖對接起一切，最後子然一身的，剩下愛，以及對於萬事的放下，將自己放到一片虛無的黑洞，沒想到來到莫非的書櫃旁，父親死命的敲著，依然是那個不能出聲的人。

　　直到莫非選擇放下，當她為那條無解的算式畫出一條直線，翻轉時間，翻轉情緒，選擇諒解父親。看著莫非拉出了一

條線，我才明白那也是對於缺席的算式。

　　後來，庫柏從黑洞裡、穿越書房，回到星球上。看著紀念館的電視機就像是鎖住了逝去的時光，庫柏依然穿著隨性而見個性的牛仔襯衫。

　　日子就像一把箭，在追著我們前進；生命有太多轉角，可能都讓我們不一樣了，但依然期待，我們還是那個自己，不要為討好某些事情而改變太多。走出電影院，彷彿看到那個穿著制服的青澀少年的背影。我看著人生再度淹沒了這條街道。

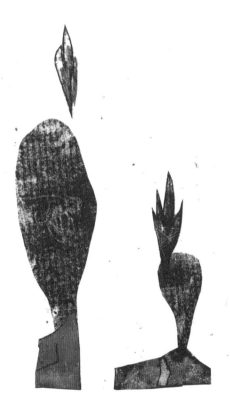

盲師父

　　不知道在盲師父的腦海裡，我是什麼模樣？是否有個橡皮擦，每次在推拿的過程，擦去我的輪廓，又逐漸填補他想像的形狀。

　　「人忙，心不忙。」這是盲師父在第一次接觸到我時，所脫口而出的話。

　　他是在按摩店是第一把交椅，許多人敬重他，不只因為他的推拿技術，甚至由於他的學識。在閒暇的時間，他會拿起放大鏡，努力去看報紙上的字，或透過收音機調頻，獲取天下之事。

　　「你發大財，做大事了嗎？」盲師父頗趕上流行，一邊按著我硬如石膏的背時一邊說著。在這些交流的過程中，他曾告訴我他的故事，後天視力不斷退化，起初以為是電視卡通看了過頭，後來才發現是視網膜病變，可惜為時已晚。但他的閱讀經驗，不只留在小學時，那些背誦唐宋詩詞的記憶。他喜歡看書，喜歡那些恬靜下來的時刻，彷彿自己就能與書中的人物對話，他也讀武俠，想像那個被稱作江湖的世界；只要有人在的地方，就有政治，有情義的地方，就是江湖。

　　他後來出去找工作，不斷因為他的外貌與能力而未能如願。他也曾自怨自艾，但有天他走在街頭，發現街上的聲音紛紛擾擾，有人喜悅、有人哭泣，總總都有著屬於自己的煩惱。

　　不如起而行。於是他學會與病為友，這並不如說的容易。

他於是從自己的叔叔那學著推拿，在摸著每一吋的脈絡，就像每一個獨立的個體。他告訴我，「生活就是修行，而家就是道場。」告訴我在他發現自己的缺陷時，家人一直陪伴著他，但我們卻太容易把傷人的情緒帶給他們。他曾感到無比懊悔，後來自己到了店裡，遇到許多店裡的夥伴，他發現自己不是唯一。

我也突然醒悟，有太多時候我們都在想如何讓他們加入生活。其實反倒來說，應該我們能夠去了解盲師父他們，參與他們的生活。

在計時器響起後，盲師父告訴我他太太要帶著孩子來接他，今晚有熱了一鍋蘿蔔排骨湯。

把記憶密封在旋律罐頭裡

「長夜將盡，你是否曾經／等待一個剛換季的清晨／在日曆上慎重做好記號／儘管萬物仍然是秩序地運轉」——在《遷居啟事》詩集裡，我留下的一個記號，記憶某段故事，而自己所呼應的，正是小球（莊鵑瑛）的〈七分滿〉歌曲。

在 MV 的序幕，由歌手本人擔任主角，從她所搭乘的日本新幹線開始，風景日常都快速的從窗邊劃過，意味著不斷在旅程裡的相遇與離別。通過歌曲，很容易讓聽者將自己收納在述者的視角之中：而我所記錄的，是那年夏天，期待著每一天的到來，就怕時間太短，快樂太長；在每一秒中反覆的檢查手機的訊息，深怕訊號隨著被風吹遠，或者被雨打落。

那次我們聊到旅行。聊到自助旅行的背後，是自由，是停頓，是為了回程而把自己倒空的感覺。儘管你笑著說，總是把自己笑得像一片什麼都能包容的大海，只有心底知道，那些情緒已被像版塊不斷的推擠、傾斜，還有碰撞。你問我：「下次我們一起旅行。」我當然說好。

後來只有我。買了機票，拿著當初彼此討論過的景點，像一則則任務清單，行程動線、參訪景點。後來的自己到了那裡，得知在遠方的對方也獲得大量的祝福。頭頂的煙火彷彿慶祝這些消息，把那個滿懷期待的我留在這裡，這時倒也不是等待誰了，而是等待那樣的悸動與情感。

就像〈七分滿〉開頭的歌詞：「背著行囊／幾樣必備打包

的細項／想像你還在身邊陪著上路出發」。隨著一年交替的末與起，一切屬於日常，一切都是練習，練習提起，練習放下。因為我們的慶祝而讓時間有了不同的意義，深呼吸，再快速穿過斑馬線，我們說好的。

時間感

習慣了時間感。

不論是抵達了什麼地方，總習慣去找到一個預計的時間，以及自己所處的位置。即便是一趟有人嚮導的旅程，他們聲稱安排妥當，並給予資訊，自己仍習慣再透過地圖與氣候，了解大致的路程與當地概況。

因為有了初步的認識，時間就像一條被沿描出來的虛線，在棉線似地被抽出同時，自己逐漸就能從一片不著邊際的雲，在腳程上重新找到輪廓。

有點多餘吧。其實大多時候都是把這樣的情狀埋在心中，不會輕易說出，暗自忖量那些距離。從與人第一次產生交流，所遞出與拿到雪絮般的名片，我們的名字就在那上面，不斷賦予意義；或者說，試著去充實他們的價值。然而，在人生的旅程中，很多人都變了，例如那位剃著平頭、流著鼻涕、整天把動漫掛在嘴邊的運動服男孩，後來變成西裝筆挺、俐落幹練的業務經理；例如那位幾乎受到全校異性歡迎的校花，十幾年後美麗依舊，她的生活似乎就是圍繞著與她同框的男孩，她的孩子。

我們的距離一直都是如此的？我們與時間的距離。突然間，我們突然不斷播放那些過去所聽不入耳的歌曲。突然間，我們往窗邊看去、發著呆，我們從順著爸媽、順著老師與長輩們所訴諸的價值觀，有了不同的方向，甚至試著努力去說服他

們。我們突然間，與街坊鄰居的話題有了轉換。

我們來到日本的時候已經遲了，櫻樹幾乎都冒出綠芽，花蕊似乎在更早以前就已經展現，並且紛紛零落。我開始想像起他們盛開的模樣，以及那片櫻吹雪的景象，而這些是我始終沒有把握住的。就像那些不斷精心設計的過程，最後在命運之手巧妙的安排而錯過了。「沒有這樣的緣分或幸運吧。」我試著說服自己。

在倒數第二天的行程，遊覽車爬上了山坡，在整齊排列的矮屋後，好幾叢雪白的櫻花隨著風而舞動。隨著斜坡而上，氣溫驟降，而這裡竟有滿坑滿谷的櫻花，出奇的像在這裡等待已久。

司機問著領隊，要不要在這裡稍停。領隊看著我們一團人跳著眉毛、嘟起了嘴，像孩子渴望生日蛋糕般的懇求面色。「我們就在這裡停一會吧！」領隊說完了這句彷彿是當選了總統大選般被簇擁歡呼著。一下車，我們紛紛舉起手機，為爆滿的櫻花雨留影，不論是獨照、合拍，或是風景照等，他們就像為了此刻而停駐，櫻花為了此刻而隨風搖曳，飄下了花雪，雪瓣片片，鋪成了地毯，或者掉落在我們的髮際，成為此刻而發明獨創的語彙。這些是我提前在手機資訊裡，所沒有得知到的訊息。

原本查著預報，幾乎放棄了希望，再看到幾天所冒出嫩芽的櫻樹，打消了能抓到花期尾巴的念頭。竟在此處得到信息，得到意外的驚喜。在人生中，或許也有這些精心設計之外的驚喜吧。規劃固然重要。但有時太過的循規蹈矩，去預設各種既

定的可能。框限住曾在幼年時天馬行空的想像力。一大早在飄著櫻花雨的山坡上，紛來沓至的日本人多了起來，大概是熱門旅遊地圖以外的隱藏景點吧。聽著陌生的語言，他們帶著便當在此野餐，或是刻意穿上了和服，像是為某個時間而留念。而我們的時間呢——以為悄悄都走遠了，是問與不問，是餘波盪漾。在我們會意到彼此的那枚深意微笑。

在那些距離之間，用刻度衡量，我們不經意的成長，不經意的驚嘆於成長游走預料以外的方式。我們不斷用成長的經驗去衍生地圖，規劃路線，結伴同遊、或獨走，所拉開的軸線，在棉線似地被抽出同時，交織成一片四通八達的路網，不斷進行抉擇。

每日、每夜、每一分鐘的選擇。無比瑣碎，卻意味深遠。

還是關於時間感。依然如此，在抵達目的地之間的旅途，不論順行與逆流的足行之間，在時光的裂縫中，所飄出的花舞。那些精心設計以外的驚喜，那些美得令人讚嘆的奇蹟，像家那樣的牽絆扎人，卻溫暖明亮。那些我們名之為家的地方，可以說是一直在那個地方，尤其是被受了傷以後，我們始終記得他的方向；可以說是不會總是在那個地方，裡面的人突然老了，有人離開、有人加入，不斷在記憶的房間裡遷徙、重整，那些我們名之為家的。

在最末一日的行程，有點想家。卻捨不得——走在一個陌生的街頭，我們一團旅遊客，領隊揮著旗子指引我們，而我們被陌生語言所包圍、被樓廈所包圍，我們順著領隊指出的路線走了過去。

投影

　　在那個發黴的鍋子裡，長出了一層菌菇。

　　就像那些舊的事物，著根在我們的生活上，在一條充滿虛線的航道上，在凌亂而狼狽的前進，適時給予緩衝。用回憶的方式，突然打醒自己那樣，沒來由的戀愛，不得不的搬遷，無解釋的沉默。沉默是海。只有潮聲漸近漸離，其實密謀在我們的眼角之下。

　　在凌晨，被驟兀爆發的雨勢驚醒。在寒夜從溫暖的被窩中爬出，隔著被雨水刷過的窗戶看出去──透過水霧，閃著朦朧的霓虹，打開窗戶後一陣涼氣鑽入。好像現在才正進入一種夢境，那種怕被誤認、表錯情被會錯意，甚至羞得讓人想藏入的段落。

　　越是想倒回被窩裡培養睡意，越是想起那年在小學時，一句得不到的原諒，我始終在心裡孳生無數充滿歉意的辭彙，終究沒能表達出來。

　　與 K 的結識是在小學四年級，我們在背靠背的大型電玩機台，使用幾乎相同的人物角色、相似的招式，看得週遭等待候戰的人熱血沸騰，我有我的後援會，他也有他的應援軍，他們跟著我們的表現跟著舉手高呼、吁歡連連，在西門町的電玩城裡，就像是葉孤城與西門吹雪在紫禁之巔上的大戰，這是我們童年的共同記憶，也是第一次見面的場合。

　　回想那次初見面的電玩格鬥場合，我們在玩的是當時火紅

的《格鬥天王》，電玩城在萬年百貨的這棟老大樓裡，幾乎可說是許多少男少女們下課約會的地方，潮濕陳舊的氣味訴說裡面的老時光。原本，我在電玩台上戰無不勝，直到遇到了 K，他讓我屢戰屢敗，也讓我在這群後援會裡逐漸失勢。我賭氣的從來也沒越過機台看過他的面貌，卻在一次他接到手機後匆匆離開；換人接手後，我總算首開記錄打敗了他使用過的角色。於是，這次我好奇地探出頭，看著他的背影神色匆忙，捧著電話離開，湧入洶湧的人群裡。看到他的制服，發現原來他是我們學校的同學，而背後靠近右肩膀的地方還有一灘藍色墨漬。

然而，在某個週三中午，到學校司令台拿便當的時候，我看到了這個熟悉的背影，藍色的墨漬，以及他駝著背的走路姿態，我立刻認出了他。原來我們就在隔壁班，而他始終在班上非常沉默，很少將頭抬起，也讓他成為班上隱形人。

於是認識之後，我經常一下課就帶著便當往他班裡找他，我們就拿起便當到一樓籃球場邊的樹下，我們的話題大多是集中在討論電玩的遊戲招式與廠商最新發布的消息。K 與我將所有演練算術公式的精力，放在研究每個角色的招式如何開展，要怎麼連接才能有最好的效果。這在我到學校發現這棋逢對手的知音後，便成為我們許多時候中午吃飯的話題。嗣後，我發現如果是離開螢幕外的世界，他是顯得陌生而且格格不入的。

我帶著 CD 隨身聽，抱著被老師沒收的危險，耳機分別置入我們的單耳，我們分享音樂，分享那時剛成軍的 S.H.E 女生宿舍、分享五月天，分享我們不同的世界。我們的活動範圍離開了電玩城，到了週末，我們帶著到玫瑰唱片購買 CD 唱片，

擠入人山人海裡。明明是晚上的簽名會，我們一大早就帶著報紙席地而坐，更屬害的是我們之前，早已有許多人來這裡搭好帳篷，人潮幾乎漲滿西門徒步區。我們一大早買了早餐，帶了家中的兩張板凳就往排隊區跑。

有次，我看著他聽著隨身聽聽得投入，眼裡閃著我沒見過的光芒，那是我在他即便在電玩機台前橫掃千軍，受到身後十幾個人簇擁的歡呼聲也沒見過的表情。我看著他洋溢著幸福笑容，忍不住示意他也分我一支耳機聽——那是五月天的歌：「你是誰／叫我狂戀／教我勇敢的挑戰全世界」。K告訴我，這是他母親在還沒離開家中，全家人共同出遊時所聽的歌曲。他們在車內合唱，他和他的弟弟在後座揮舞著雙手，一切的一切都是充滿笑容，然後看到他父親的左手握著方向盤，默默塞車的空檔，用右手牽起了母親，即便每次都被母親以「注意行車安全」打回票。但後來總是看到，母親慢慢將肩膀往父親的座椅、甚至肩上靠去。K告訴我，這首是〈愛情的模樣〉，於是他憧憬愛情，即便現在還小，不斷每天都在盼望，有天愛情會像隻充滿芬芳的蝴蝶，緩緩飛來，灑滿屬於幸福的金色亮粉。

K非常認真投入的告訴我，這是我在看他在告訴我任何使用的遊戲招式也沒看過的神情，這是我感受到對於他的再一次陌生。他說完沉默了很久，告訴我這是他很難去接受，也很難去相信的事情；就在一次K母親告訴他，要帶他與弟弟去電玩世界玩。對年幼的他而言，那裡的遊戲世界就是應有盡有的天堂，母子同樂的汽動球、跟弟弟互相打鬧轉對方方向盤的賽

車遊戲、還有旋轉木馬……所有的畫面都像是理所當然的幸福。

「媽媽突然告訴我，他忘了帶外套，請我回家跟爸爸拿。」於是年紀尚小的K，立刻衝了回家，但爸爸扳著臉告訴他，從現在開始，就K與爸爸一起生活。K的媽媽將會帶著他的弟弟，到一個很遠很遠的地方生活。

「於是我想，至少我在遊樂場，有天搞不好能再碰到媽媽或弟弟。」但日復一日，沒有人陪著他玩，突然少了伴的寂寥，讓他對生命產生無動於衷的懷疑。

夜晚像一種強詞奪理的黑漆，能夠收進任何的事物，將任何的意念融入。對於一個天真孩子所失去的，例如童年、或是突然聽到一首不禁哼起的熟悉旋律，即便已經不再是當時的我們，卻始終想把自己擺放在那個位置。這就像是一場難解的數學習題，抓著頭髮繞呀繞，很難放下這樣的執著，於是又把問題帶進夢境裡，找到在現實裡未竟的遺憾或美好記憶的延續。K告訴我，他總在夢裡看到一位大叔，身材雄壯，穿著西裝，一身英氣凜凜，牽著母親的手，對比現在失魂落魄的父親，他似乎有那麼點羨慕起能有這樣爸爸的滋味。但他即便再追上去，喊著母親的名字，她始終沒有回頭。於是，再而三這樣的夢境經驗，逐漸陷成眉頭間的鎖。

當他再回過神，已經身在電玩場，大家群聚在格鬥遊戲機台，彼此單挑對戰，甚至用嘴去挑戰、挑釁、挑動一場戰爭。K發現，在這裡，他不用主動去找隊友。遊戲機，或是遊戲機前面的挑戰者，就是與自己呼應的人。

聽著 K 說到一半，我下意識地把他拉起，我們再次跑回電玩城，他充滿疑惑的表情指著我們再熟悉不過的格鬥天王，「你跑過頭了啦，著猴喔？」我用神秘的微笑回應，把他拉到汽動球前。

「這次，換我來當你的對手！」嗣後，我投了幣，跟他大戰了五六回合。K 真的是天生的電玩專家，在當時電競還沒透過傳媒能風行全國的時代裡，他已是一方之霸。想想，老是這種輸的感覺還真不好玩。

像《灌籃高手》吧！莫非我是流川楓旁的櫻木花道，即便染著一頭耀眼的紅髮，若不是漫畫的全觀視角放在漫畫主角上，全場焦點依然是在技巧高超、瀟灑取分的流川楓，每當帶球切入宛如切下生魚片的銳利鋒芒，將全場氣氛炒得熱烈。正當我這麼想時，想到似乎我該找他玩投籃機、跳舞機吧！既然 K 關於手指的操作遊戲都難不倒他，我不妨轉換跑道。

我一路跟 K 玩了投籃機，卻看著他頻頻過關；玩了跳舞機，一路他又變成舞林高手，我只變旁邊用雙腳耍雙節棍的甘草人物。計畫一再失敗，我最後拉著他，去好樂迪來個兩人KTV，我們瘋狂唱了三個小時，男女合唱、飆高音、點對方可能不會唱的歌曲逼彼此唱出……我們彷彿就像是知心好友，分享彼此的喜樂，也經常到對方的家裡打電玩、聊天。直到有次，我帶著班上的幾個同學到 K 的家中遊玩。但離開後，K 不斷地打電話給我詢問，有沒有看到他那張電動玩具的記憶卡。

我始終沒有看到那張卡匣，但感覺他心急如焚。直到晚上

要將隔天上課的課本放進背包裡，竟發現那張記憶卡出現在我的背包中。於是我立刻打給了 K，告訴他記憶卡在我這邊，立刻要拿去給他。

儘管我已告訴了 K 不知這張卡片從何而來，他卻發了瘋似的指責我，嫉妒他的所有，厭惡我的一切，包括這個說謊的個性。眼見百口莫辯，卻也不知道為什麼，儘管心中再難過，我只告訴他相信自己的為人與身邊的朋友便離去。

我們成為熟悉的陌生友人，他不再回應我的揮手，我也不再去那座電玩城，就怕觸景傷情。我看到 K 上了電玩節目，從週冠軍晉升為月冠軍，那一切似乎像是一場夢境般遙遠。事後，我經常想到，那一天是否我能有其他更好的解決方式，可以避免這一切？

直到上了大學以後所舉辦的國小同學會，當時我們一同前往 K 家中的同學向我坦承，當時的記憶卡是他們拿的，想說能向我們開開玩笑，而我們這麼要好應該是不會為這件事情而生氣吧。但不知是不是因為這樣，後來看我們就沒有再有交集，他們當時也不敢告訴我……

有些人善於離開座標，有些人善於被留下。

是啊，這就是當時幼稚的我們。開了一個無聊的玩笑，也莫名其妙的失去朋友。直到長大後的我們，我們以為可以視若無睹這些傷疤，但這個瘡疤卻在現實裡頭，默默留下痕跡。就像他在肩膀上，那片逐漸被暈染的藍色墨漬。

引路

等待有天，從荒蕪的漠土回到春暖花開。

在夢裡，回到那班深夜公車，只有阿姐司機與我。車子一路沿著長路，爬坡邁往山上的病院。

「照顧好自己喔。然後才能再照顧身邊的人。」阿姐司機在我刷卡下車前，轉過頭帶著溫熱的笑容告訴我。道謝後我隨之踩下階梯，轉頭看著他小小的身軀，轉動著一部大車的方向盤；看著車子與阿姐的溫柔融入在夜晚裡，夜像一片沉默的大海，捲著沉穩的浪。而我卻踏入冰冷的病院大樓，按下冰冷的電梯按鍵。

當我矇矓的醒來後，苦悶並沒有被搬運在夢境裡留存。那時正值生命最為谷底，不知未來剛往哪裡走去，僅有一本兩位數的存摺簿、兩罐礦泉水、還有兩包泡麵，家中的開支和帳單卻如雪花飄來，像三三兩兩削薄的鐵片，卡在心上重達千斤。況且工作剛被迫交卸，依靠的親人又生病住院，不時也曾產生放棄的念頭——放棄自身所擁有的，放棄那些生活與笑容。那是一段不想再去經歷的過去，後來成為來自於未來的考驗。對於不斷懷疑自己的過程，生命竟然給了一個意外的驚喜。

當時的我一如往常去到醫院會面完之後，公車因故暫停在媽祖廟附近。突然升起了一個念頭，想走進廟宇裡傾訴自己的迷失。我看著一尊尊肅嚴的佛像，看著信眾們燒紅著香，誠摯的祈願招福：期盼心意能夠上達天聽，受到祝福。我轉頭看到

聖母凝注著我，彷彿想指點我一些方向，於是我也跟隨著他們點起了線香。

正要報告自己的願望時，前方的一位阿姨，拿著剛抽出的籤，手指不斷顫抖，瞬間痛哭失聲，馬上引起了週遭的注意。於是她把那張籤詩揉成紙團，想要往外丟去，可能又想到什麼，手臂向外揮去而紙團緊握在拳頭裡。

她這時看向了我，要我幫她看過這張「下下籤」的籤詩。她沒告訴我所求何事，似乎將這張籤詩當作自己在大海裡的浮木，她的表情像是正在其中載浮載沉。我突然聽到心裡的一股聲音：我們在面對窮極困難時所選擇的姿態，往往決定了我們生命的前路。

於是我認真的請她給解籤人員看過，但她不斷抗拒，我試著就字面上的意思去解釋，不要妄自去推論「下下」的意涵，不敢說否極泰來，更重要的是如何認真去面對生命中各種狀態。當太多事情沒有預兆而來，許多的好與壞都來自於我們的心念，我們如何從接受、面對、到放下，一直是一門不斷需要修習的功課。最後，再次邀她一起給解籤人員看過，她不僅欣然答應，也像是突然想到了些什麼，暗熄的眼神再次亮了起來。雖然我們是萍水相逢的陌生人，似乎能看到某些影子，是我在當時不斷抗拒生命，而始終不敢面對的。

聽著廟方解籤人員給阿姨的鼓勵，她告訴我剛到醫院檢測出來的結果，她不知如何面對，更不知道如何向自己的子女啟齒。於是她開始告訴我，那些屬於她的故事，她自小在朝天宮附近長大；對她來說，信仰就是生活的中心，她發現在週遭有

製香的、有作鼓的、作哨角的、還有臉譜師、麵線糊等⋯⋯，橫跨食衣住行，彼此圍繞在彼此的生活中。對於他們來說，信仰不只是一種敬意，也將彼此的生活串在一起，例如多年以前，許多來自於漳州、泉州等地移居來此的人們在此地匯聚，開花結果，而每年大大小小的活動，包括廟會、陣頭、花燈、媽祖遶境等民俗節慶，鑼鼓喧天、熱鬧非凡。

有人告訴她說，媽祖是海神，來自於行海人的種種傳說。台灣有大大小小數千座媽祖廟，擁有不同的來自與類型。然而，在我們的文化中，有迎媽祖遶境、有帶媽祖登玉山、國道媽祖，種種與媽祖息息相關的活動，對他們而言，這些都是一種「專注」，能夠不被外在的事物所變遷，一本初衷的做下去；這些都是人味，經過時光長河的淬煉之後，持續傳承到下一代的自信。在日治時代的《華麗島》雜誌，能夠見到許多日本作家對於媽祖信仰充滿了好奇與幻想，也衍生各式各樣的故事。行至今日，這樣的信仰活動仍持續下去，甚至結合行動裝置的 APP 推陳出新。在近兩年，有許多結合 GPS 的定位帶著信眾遶境，也有許多結合 VR、AR 等科技新技術，使得傳統與未來銜接，讓下一代有了親切的感受，甚至重新去感受這份精神。

所以當她感到迷失時便會來靜坐思考，一晃眼這麼多時間過去了。她和許多人一樣，都能找到一種心靈的安定。我突然能夠體會許多人對於媽祖信仰的投入，在其背後不僅擁有傳承的意味，還有許多對於他人同理心的包容與柔軟，讓溫暖的力量擴散，讓彼此能夠行經生命陰暗之處，能夠持續勇敢走下

去。

　　遙想在那些媽祖廟還只是荒蕪漠土之際，繼往開來的人們如何將自己的信仰實踐在行動裡，用著滴滴汗水將一根一根的鋼骨興建而成，而這些鋼骨不只是鋼筋，還是來自那最樸實而強韌的心，才能夠承受那些風風雨雨的摧殘。我們不斷在生命中尋求問題的解答，隱隱然，在生活中往往已經給了我們相當多的啟示與答案；保持正向的信仰，就彷彿擁有一顆正能量的雷達，一步一步，將未來的路勇敢走出來。

以為只是看了連續劇而已啊

　　窗外的夜空星星點點，蘭嶼深邃的浪聲在耳畔徐徐襲來。

　　在去年某日的蘭嶼之旅，原本規劃帶著筆電，晚上還能寫論文。結果赫然發現自己竟糊塗的沒帶上充電線。於是只好在附近雜貨店買了一罐可樂和洋芋片，翻轉著電視頻道，於是停在鄉土劇。看著電視裡面的人物跳針似的表達自己的情緒。「你怎麼可以這麼做？」看著電視裡的人物齜牙裂嘴喊著，現在感覺反倒不浮誇了。

　　人生是更誇張的，面對人性，我們終以為認識了彼此，其實就像一潭潭看不出深度的湖水。因為既然了解彼此，自然應該「理所當然」，而不會有那些「怎麼可以這樣」的感受。回映在生活裡皆然，對於我們身邊最親的人有時反而失去耐心，不也是一種跳針似的宣洩。鄉土劇雖然有著被人戲稱為鬼打牆的劇情，他們確實反映著我們的人生，甚至是一種時間的寄託。看著看著，我竟看出興致來了，而接下來的節目是一部韓劇，一群韓國人配著台語歌，劇中主角的爸爸、媽媽都燙著一頭捲髮，卻有種莫名親切而和諧的感覺。

　　劇中的媽媽以為自己的大兒子受到高中同學兼工作夥伴的照顧，他偷看到自己的兒子找著新辦公室的資訊以為是要準備升遷。前晚漏夜準備自己拿手的小菜，一邊做著菜，一邊忍不住綻放出笑顏，殊不知其實自己的兒子其實是在同事壓迫下，讓自己被迫在外謀事。

隔天一早，媽媽到了辦公室找到了自己兒子的夥伴，聽到對方對自己孩子的控訴，先是感到羞辱，後是不斷為著孩子抱屈。堅信自己孩子的能力，不顧公司裡每個西裝筆挺的冷漠，媽媽自己已經白到深處的捲蓬髮和服裝顯得格外格格不入；儘管如此，哪怕人來人往的目光，為了生活，為了自己的孩子，什麼尊嚴都暫時往後放，即便劇情設定裡他的孩子是受到同事的陷害，他仍不斷苦求對方給自己兒子機會。

　　突然間，我的眼睛竟不自主感到酸澀，甚至流下眼淚。在那之前，自己明明是看過媲美〈祭十二郎文〉、〈出師表〉的《與神同行》、《世界末日》、甚至《異域》，頂多淚水含睚，卻不曾潰堤。

　　我突然明白，這是來自一種既視感，將自己的故事與情緒帶入。

　　有時正因為格外的在乎，才會讓人如此傷心難過。尤其好幾次想起那些奪門而出的衝動，開始不斷的懊悔生氣，所氣的也是自己當時情緒為何如此，儘管，我們只是欠缺一個互相理解的機會。

　　好像已經很久以前，在就讀高中時面臨老師的不認同。儘管也是了解自己的不是，但每次老師在課堂上總是高調宣稱要將自己在這個班級裡開除，更是不想去繳交作業。直到母親得知這件事情，甚至身上還穿著煮菜的圍裙忘了脫下，帶著便當盒跑到了學校，在眾目睽睽之下，我竟感覺有些羞愧不敢抬起頭來；老師將我們帶到了他的辦公室。那些時間儘管是腦袋空白，但母親不斷央求老師不要放棄自己，請老師相信她的孩

子，於是突然哭得唏哩嘩啦。甚至失手到打翻了便當盒，然後再自己默默將盒子撿起。

我突然發現自己錯得徹底。

在那天到家，原本準備給老師所熬好的紅燒牛肉沒給出去，但她已經在床上睡覺。我不知道她是否是不想說話或不想再看到這樣的自己。於是我將沾油的袋子好好沖過一次，再將那些牛肉吃完。再將那些堆積在家裡的垃圾收集起來，走到巷口，準備將一切不需要的東西丟去。接著回到家後，剛吃好的碗筷也已經洗好了，我也警惕自己從此不再讓家裡的人去擔心。

而這部戲劇裡很多畫面突然勾勒出過去許多的記憶——當時的不懂事，而現在慢慢懂了。即便總希望能早點懂那些事就好了。

後來我默默追起了這部韓劇，後面的劇情急轉直下，管理家中大小事的媽媽突然生了大病，就像是許多人對於韓劇所認知的「灑狗血」。在此產生了另一種既視感。

戲劇裡的媽媽在自己身體不適後，獨自到醫院檢查，得知自己罹癌。面對自己倒數的生命，以及如何開口和自己的兒子表白，甚至一起熬過這個難關，是一門非常苦澀的功課。面對倒數的生命，不只是當事人難捱，身邊的人也是，他們往往也瞭解那些是荒唐到不可救藥的迷信，就為了能讓自己的親人能多待一些時間。或許，不只祈求獲救的是對方，也包含帶有悔恨的自己，希冀可以擁有補償，重新來過的機會。

我想到了在小學三年級就離開的外婆。慈眉善目，心地善

良而沉心念佛的外婆，想起那天外婆打來的電話，叫我請媽媽來聽，電話裡的語氣有點不對勁，像是早已痛哭過了幾回似的。後來聽到媽媽拿起了話筒，換她哭了出來，後來掛了電話叫了我過去，好好抱抱我。

　　那個週末，外婆把那些在外工作或成家的兒子、女兒都叫了回去，我們那一代的人難得齊聚一起，不知道什麼叫做癌症末期，但看到外婆摸著自己小女兒的肚子，好像想將自己的祝福和提醒告訴裡面的寶寶，我看著外婆輕聲細語說著：「我可能來不及看到妳的出生了，但記得要好好孝順自己的媽媽喔。」

　　在那兩天，始終看到媽媽跟姨媽他們眼眶都是紅紅的。反倒是當事人往往已經命令自己去接受了這些事情，儘管這些事情，總是沒什麼道理可言。媽媽告訴我，外婆接下來要住到病房裡接受化療，那過程非常痛苦，要我好好給她打氣、加油。

　　殊不知，下一次見到外婆時，就是最後一次看到她。那天聽舅舅對媽媽說，他在哪裡找到了偏方與名醫可以醫治，而媽媽則說什麼廟宇非常靈驗，有去作了信仰祈求，或許是真的顯靈了，醫師在那天告訴我們，癌細胞竟然停止擴散，病情奇蹟似的產生好轉。

　　「我好想看這次的油桐花。」外婆喜洋洋的告訴我們，她還摸了摸我的頭，她依舊帶著經書來到病院，叫我念給她聽。外婆不識字，所以經常要我念經上的國字給她聽，她再用符號去註明念法。接著，她下了床，套上了那雙充滿刮痕的舊鞋。而另一雙，是腳下幾乎沒什麼髒污的新鞋，是舅舅買給她的，

她卻不曾穿上。

外婆告訴我，她還是習慣那雙舊鞋，那雙是舅舅很久以前送她的生日禮物，以及她很想趕上時間去看的油桐花季。我們在醫院內附近踅著，鞋子因為後方破洞，沿路抖進了小石子，她在路中倒出的那些石頭，就像在童年途中所捲進的那些小事。後來我想，那時真是太不勇敢了，很多當下忍無可忍的事情，其實終究能夠接受、放下及解決。

於是我們走到盡頭了。我看到外婆走在我前面的背影，彷彿有條虛線，我們正不斷努力拉起、抽直那條駝背的線，希望就此能夠就此撫平那些遺憾。

回到房間後，體力越來越差的外婆一下就睡著了，我看著那雙在舊鞋上一道道幽深的傷痕，隨著成長，在心中越來越顯得巨大，烙紋不斷變大。

機會通常是走了就走了。

回家了以後，學校請全校學生在母親節製作一個紙花藝品，可以拿回家送給媽媽，或是最親愛的人。於是我摺了一個參差不齊，自以為誠意滿滿的紙花帶回家送給了母親。媽媽告訴我，這個週末，我們一起帶這個紙花送給外婆。

來不及等到週末，家裡的電話在凌晨裡再次劃破黑夜的寧靜。外婆在睡夢中安詳的離開了。爸爸開著夜車，急忙的帶著我們再到基隆，他們要我在外婆家等著就好。對於生死，我能夠知道字面上的意思，卻還不夠瞭解。

我悠悠忽的在外婆的床上睡著，在夢裡，隱約聽見，腳步聲如浪，緩緩拍來，她在睡夢裡摸摸我的頭，外婆唱著兒歌給

我聽，我在恍惚之間，看著外婆熟嫻的睡去，窗外的夜空星星點點。

起點

再跑過這片山頭。我想就能看見季節的痕跡，以及陽光所篩出適宜的風景。

在清晨，我們一群群馬拉松選手，已經各自分布在比賽規定的行徑中，跑馬拉松是不斷挑戰自己的過程，與自己的靈魂相處，跟自己的信心競爭。我們喘著大氣，任汗水從臉頰上落下，羅列在身體的每一處。有人邁開步伐，如鷹的眼睛似的往前方奔去；有人雙手撐著膝蓋，就像一尊凝滯而莊嚴的雕像。跑步是快速的，快到拋開煩惱，帶領著風吹起，跑步是慢的，慢到深入內心，緩緩在跑步的過程中挑起回憶，在快慢間面對掙扎與痛苦而邁向終點。這是一趟緣分牽引之下的約定，我跟這位跑友是在病房內所認識的。

在那晚的病房內，我在陪伴著親人術後復原，因為下班後便直接來到病房直到就寢，因此與隔壁兩床的病人產生了漣漪。其中一位的病床邊總是有非常熱鬧的聲音，不斷有人送水果、送養生禮盒，同事、親人、朋友等每天都有人去探望他。相形之下，另一床顯得安靜，那是一位看起來身體精實黝黑的年輕人，他的腳上有幾個小水泡，指甲也有些瘀血，個頭不高，在床旁的置物櫃上擺著一本關於跑步的書。但他似乎只有一個人來開刀，他不多話卻也不冷漠，因為當我們拿著幾個水果跟他分享時，他燦爛的笑容與再三的道謝讓我們感受到他含蓄的熱情。

後來我問到他為什麼來開刀，原來是腸打結的宿疾，讓他在參加馬拉松比賽之前只能打了退堂鼓，這讓他非常氣餒，卻又想盡快回到賽道上。接著他開始與我分享他的生活，他一邊摸著肚子，一邊打開他存進手機裡的相片，裡面有到各地參加馬拉松與登山行腳，甚至連手機封面也是他參賽奪牌的相片。然後順便帶了一句他的職業是電子工程師，然後便滔滔不絕地與我分享那些參加馬拉松的回憶。

　　他從原本要參與的南投馬拉松，再跟我說起他的故鄉，南投。他一一梳理起這塊他所居住的土地，例如在水里蛇窯，職人們用一雙手創造出文化的不平凡，讓光陰像是一把歷史的箭頭，催著人生風景歘歘向前，而製陶業的幼苗從一把沒有生命的泥土，透過師傅的手藝與蛇窯的製作空間，成為一種需要久候的藝術。製作者的呼吸與專注，都可能會影響一個作品的成形，就像是一尾毛毛蟲化蝶的過程，在蛹內，沒有人知道他以前的狀態。而這些製作的過程，從捏陶、燒柴升溫、入窯定型……這些自然生動的釉色便流露出來。這些製成的方式往往不只一種，但我卻在他們的手藝上，看到了專注。他們用一輩子做了一件事，這是在現今的數位網路時代很難得可見的。現在大多人捧著手機，要求快速方便，手指一滑，好像任何東西都可以透過網購送來。但在更早的時代，因為「動手做」，而更具有人情的溫度與交流。

　　而於南投竹山上的八卦山茶園，有一圈圈圍繞的茶園貌似八卦擺陣而得名。在這片草綠色的茶園，配上週圍圍繞的薄薄白霧，就像泡起熱茶時所冒出的蒸氣；原先是因為丘陵適合種

植茶樹，當地農人紛紛從孟宗竹林改種茶葉。數十位農人戴著斗笠採收的情境，也經常讓許多人用影像去紀錄，經常是許多影片或攝影比賽所採用的取景。而茶還是一種文化，從飲茶、茶具，甚至喝茶的場所與對象，都是一種學問。這些聞名遐邇的文化，象徵這些時間在此彎過，留下陳年而寂靜的禪味，沿著香氣，喚醒這塊土地的靈魂。如果找尋雲裡的原鄉，時光的老手沿著風的形狀，離開喧囂的都市環境，位於南投仁愛鄉的清境高山，相片裡自備有《牧神的午後》背景樂曲，週遭還有連綿起伏的高山，綿羊與歐式建築都彷彿披著雲氣，那裡空氣清新，猶如霧中桃源的存在。

接著他從自然環境後，告訴我位於桃米社區的紙教堂，說起這座南投紙教堂與日本大地震所產生的連結：原本這座教堂是作為日本發生阪神大地震後所建的希望重建基地，想起同樣飽受地震帶來傷害，日本人將紙教堂空運來台搭建，期盼面對創痛時都能夠有份人道的力量從中昇華，進而產生人道精神的共鳴。在震後，許多經歷過的人都擁有震後恐慌症，地面只要輕微搖動，甚至是頭暈，都會讓人想起餘波盪漾而餘悸猶存。然而，南投還有個稱號，叫做「紙的故鄉」；紙教堂代表的便是文明之母，在面對傷害時，從文化轉向內心，化為曙光再現的力量，讓下一代的人能夠持續看見希望。

最後，他拉著我的手，說起了日月潭。這在魚池鄉內揚名中外的地方。所謂日月，指的就是外型為菱形的日潭與外型為狹長弧狀的月潭。這個充滿靈性之美的地方，被發掘的故事更增添一份傳說性，相傳是最早定棲此處的邵族，因為打獵的時

候遇到一隻美麗的白鹿，他們一路追著他跑，穿越箭竹草原、穿越冷杉林，薄雪草笑得漫鄉遍野，而白鹿帶著族人們找到了路。一條通過仄徑達抵的美景。後來此湖更與日本靜岡的縣濱名湖締結為姊妹湖。

在我們腳下的這塊土地，是這座島嶼的椎脊，在 1999 年的尾巴一次劇震為這塊土地留下傷痛。而那塊疤，後來持續在許多人的記憶裡留下深刻的印記。在南投的景觀中，有這麼一群人經常在舉辦著一場馬拉松運動。馬拉松的年齡分布，又是在所有運動項目中，較為老少咸宜的部分。他不像籃球與足球有那麼多肢體碰觸的部分，也不像棒球及網球另外需要那麼多的設備。著名的南投馬拉松，山林與鳥鳴是身旁的風景，透過不斷地跑、不斷地跑——重新認識自己腳下的土地，重新認識自己。

我總是不斷在奔跑。在記憶中，好像是這麼緩慢的追著時間在賽跑。例如初戀情人轉身離開，才想起要挽留他而來不及抓住他越走越遠的身影。例如那天回到學校以後，找著自己的老師，在得知她即將退休的前一天，跑向她的辦公室，不斷的等待，而等待的時間，就像是靜擱的河水。稍有回憶的波動，便引來情緒的漣漪。

有時，創作就像是一場馬拉松運動。能夠報名參加的，都是選手。而每個人各自去跑自己的路，有那麼一群人——被稱做頂尖選手，他們通常是領跑的前鋒部隊。而在這裡頭無數次沉默的揮汗練習，而後面也有一群人被稱做選手，在開始跑了以後，每個人儘管起跑點都是一樣，經常所要面對的挑戰，便

是自己。在前頭沒有背影，後面也聽不到追兵的腳步聲，那樣寂寞的情狀，時間就像是個篩子，年齡成了做巨牆，能夠持續往理想奔馳的人，便是如此相對不易。

我想，我們做的事情很接近，於是我們相約出院後共同參與馬拉松比賽。他歷經無數刻苦的練習，在操場上、堤防旁、甚至拉拔到山上以進行相近環境的練習。「我始終面對的是一個人，那就是自己。」他告訴我在面對到無數想放棄的時候，那咬牙的自己，脫水想吐、熱衰竭以至於昏倒，他哭過，為了不知自己的身體不知能否負荷，為了這些挑戰後他所面臨的未知──為何而跑？跑得好又能如何？他笑過，在許多時候腦袋當機而口齒不清的傻笑，在邁向終點時所完成的灑脫大笑。

終點，就像是另一個起點。南投，就像是在這塊島嶼的起點，是這座島嶼的椎脊，也是我們不斷重新認識自己的起點。

季後遷徙
──記憶的形狀

在離開的季節，我們留下了什麼樣的證據？

那時我們剛結束日本的旅行回到台灣，那是日本櫻花季的尾聲，一路上盡是櫻吹雪的景像，一切都變得夢幻，當踏回台灣的土地上，似乎還在夢境中。我們搭上車返家，自國道的山頭望去──片片潔白如雪的桐花彷彿走過時間的精靈，在山的稜線上畫下五月的絲線。

似乎是有些意料之外吧。那樣的風景來得出其不意，街道成為一種容器，盛滿各式來往的風景，還有人們的情緒。像是六月的鳳凰花開，表徵驪歌響起的畢業時節，畢業生高唱離別的練習。而我們經常在這樣的時間裡，結緣、熟識、離別、思念……或許生根發展，或許舉家遷移，如同表姨經常在我年幼時說的床邊故事，經常念著他想像中的家鄉，說起他們客家族群的形成：他們不以地域命名，而是兼具漢族與南方少數民族的文化。自從我有記憶開始，經常看著表姨一邊作著酸菜，一邊說著我聽不太懂的語言和她們家族的人溝通，不太像粵語或閩語，特殊的腔調就像字字不斷在琴弦上彈落，高高低低、玲瓏有致。而飲食又是一門大學問。在當地的用餐菜色即便乍看下沒什麼不同，吃上兩口他們的梅干扣肉、釀苦瓜、豬肚雞，感受到菜色用了更厚實的鹽去調味，在口感上的多油多鹹讓人

會多吃三碗白飯之外，吃完以後口中依舊留香，甚至又那麼似曾相識。

　　後來我到了爺爺的故鄉福建省永定去參訪土樓，才發現原來土樓又分作客家土樓與閩南土樓，日本知名建築藝術學教授茂木計一郎說，土樓「如同自天而降的黑色飛碟一樣，星星點點羅布在群山之間。」客家土樓別於閩南土樓，連貫各戶的環形走馬廊是其特色，或許也代表背後的儒家文化與彼此的傳承意味，尊老知禮，彼此照料。我看著那些貼著春聯的門，隨著我們推開，彷彿張口說著每個家族的故事，他們如何用一土一瓦、用層層疊疊的時光，從幼芽出生，堆砌出自己的家。而在這趟旅程，我們吃著許多的雞、鴨與醃菜，那些味道似乎喚回了一些記憶。

　　到了桐花季，溫年的山花朗朗歌唱，亮白的花朵在陽光的灑落下，如銅板那樣叮叮噹噹笑著，在林葉的指尖上蹦跳。

夢殼

——僅僅如影，卻著實存在

給自己一個機會，抱抱自己的親人，養好聽完一段話的耐心，從自己改變來做起。

記得還是二十幾年前吧，弟弟與我還年幼，我們輪流坐在母親的大腿上沉沉睡去，而我們搭乘的客運，在南向的路上擱淺，時間卡在車陣中，已經七八個小時過去了，車上的影集不知重播了幾遍，車子被卡在公路的車陣裡彷彿迷失了方向，我們也不知自己身在何處，昏昏沉沉的。而母親的大腿早已被我們的重量壓得感到麻木，一邊敲著大腿，一邊緊閉眼睛讓自己再進入夢鄉。我低頭看去，發現在母親鞋面上破了一個洞。

再往身後看去，我看到一位身穿紫色格子短袖襯衫的中年男子，似乎是鈕扣脫落卡在椅縫深處，男子不斷伸長手指，卻始終勾不到一緣。我看到那顆鈕釦始終不為所動，甚至隨著他的指尖撐起了縫隙，掉落在更深處，他似乎發現我在看他，即便前一刻再怒然，他卻開始左顧右盼，嘴巴作勢吹著口哨，裝作若無其事。

在那個時候，從台北通往高雄的交通方式，通常不脫火車、客運以及飛機三類。尤其在即將邁向連假時，在路上便可見長長的車潮；當時年幼的我經常利用這個空檔，開始規劃起連假要如何渡過，以及要去出租店租哪些還沒看過的卡通錄影

帶。在客運的車上，有情侶、有求學遊子、也有許多家庭，他們像我們一樣，在這部車裡。不時瀰漫起綠油精的味道，那使我好一陣子都對這味道敏感，尤其想起暈車的回憶。然而，因為在如此密閉的空間，許多言語就不顯得私密了，經常會聽到鄰近的人接起手機後，來自遠方的聲音：有傾訴情話的，有來自家中的關心，有公司業務，就像是一條隱形的線，將兩端的人拉在一起，像是彼此在找尋對方表情的蹤跡，去抓一種難以捉摸的情感。那時還沒有高鐵，最快的便是南北來返的飛機，而許多時光就是遲到了，尤其是那些不經世事的遺憾。

　　我的姨媽一家人都在高雄獅甲。她每天最大的興趣就是晨跑，然後穿梭在市場裡閒話家常。她不是很善於用細緻的詞彙去表達關心，但總會從她煮出的飯菜香感受到溫暖，她牢記著每個兒女喜愛的口味。經常看到姨媽與自己母親的相處，看得出姨媽是非常呵護著自己的小妹。她有時趁著我與弟弟空閒的時候，姨媽會與我們生動的說著她們的故事，是如何帶著她的妹妹與弟弟躲在壕溝裡，然後士兵們看見流落的他們給予更窩心的照顧。也因此，她始終把生命的重心放在感恩上，能夠用溫暖的同理心，來關懷身邊的人。確實對於她來說，她不善用言語去表達對於親人的疼愛，經常笑說國小都沒念畢業，只會一些廚藝，讓自己置身在汗如雨下的廚房。

　　而姨丈來自於高雄果貿大廈，當時我來到他的故鄉，看到果貿眷村的國宅大樓就像一個個半圓形的建築，從兩邊的底端仰拍隱然得到一個太極的圖像，在真實與虛幻之間，代表今生，也代表來世，而「圓圓不絕」的連結彼端。

因此，我始終感覺高雄的風是會黏人的，因為這裡的風有甜甜的氣味，或許是糖廠的緣故吧，或許也是濃濃的人情味。姨媽與姨丈喜歡帶著弟弟與我一起到勞工公園鄰近的花草市集，他們教著我們去辨認那些植物的特色，「你們看喔，他們其實都像人一樣，針對他們不同的習性要用不同的方式去照顧。像常聽到人家在說的，澆了太多水，可能會淹死；太少可能會枯死。」姨丈用他濃濃的外省腔告訴我們。我們似懂非懂的點著頭，然後接著姨媽剛買回來的豆漿紅茶，而我們就像那些植物被灌溉，一溜眼就從小樹苗長大成粗壯的樹了。

　　後來我再次一個人來到公園，已經距離那樣的回憶過了二十幾年後，裡頭依然是鬧哄哄的。開始想像姨媽與姨丈在日常生活裡，逛著市集的樣子：熟練的與朋友打招呼，聊起那些家常小事，摻點政治選舉、摻點娛樂八卦，直到夕陽提醒，紛紛準備打道回府。而我就坐在角落的鋁板凳，看到一群人追著夕陽，追著那顆壘球，他們的汗水不斷滴落在地上，他們被曬得黝黑，圍坐成一個圓，像在鐘面裡始終沒走遠的時間，在餘暉中逐漸吞食自己發散出去的陰影。

　　時間，始終沒走遠。我看著這邊新起的捷運站，過去還有許多公車站牌。印象最深刻的是每回姨媽、姨丈送著我們上公車，我們透過車窗裡看到他們始終留在原地的不捨眼光。我看到姨媽的鞋面上破了一個洞，從那時開始，心裡也隱隱破了個洞。

　　我們就肆無忌憚的長大了。而牽著他們的手，卻發現他們的手變小了，皺紋變多了。一如往常的，是每回到他們家中，

燒著十人份的菜，紅燒獅子頭、清燉牛腱、粉蒸排骨、苦瓜鑲肉……姨媽準備起一手好菜，儘管那次家中只有她的孫女、她的女兒，還有我跟她四人。這滿滿豐盛的飯菜，就是她的關愛，最溫暖的關懷。

在大學畢業以後，原以為可以帶著第一個女朋友去看看他們。結果還來不及等到邀約，就迎來第一次失戀。後來的那幾天，我看到女朋友跟自己神奇的和好，我帶著他去逛六合夜市，買木瓜牛奶，吃著海產粥，一路手牽著手，就好像世界都在我們的手裡……但這些都只是夢境。我經常後來的幾天夢到這些事情，於是我一個人坐著高雄捷運，沒目標的隨機挑著出站，例如到西子灣吃大碗冰，看著身邊的情侶把青春吵得不可開交，看著學生們恣意的發亮。我開始在那裡努力回想余光中的詩句，卻突然想起敻虹的〈水紋〉，或許哪天再回首看到這陣傷感，「如遠去的船／船邊的水紋」，他們一直存在著，卻能隱隱然收納在我們的心裡頭，我們將會在一次次領悟裡，學著憂傷，學著後悔，接著在憂傷後堅強，在後悔裡成長。

因為有了成長，我們才有了遺憾，為當時的不成熟而感到後悔。雖然很痛，但就像一條隱隱然牽引的緣分，或許在下一次相遇中實踐。儘管時間卻不等人，突如其來的一場車禍，在艷陽高照的夏日，讓一如往常熱鬧的家裡寒冷失溫。那天姨媽騎著車，準備帶著剛在市場裡買好的菜與便當，就怕孫女肚子餓了。天氣高溫到令人煩躁，而她一個不留神便撞到了對向迎面的另一部車。

根據護理師的敘述，她在昏去前還不斷掛念著兒女。後來

我們穿著無塵衣，走進病房，看到因為動了一個很大的手術，作了氣切、頭蓋骨取出一塊，還戴著氧氣罩的姨媽，昏昏沉沉的。但我們相信她聽得到我們的呼喚。我們看著她一直努力想微微睜開雙眼，嘴巴似乎想努力說些什麼，似乎是關心著我們會不會顧著來看她，而沒有好好去吃飯。

「吃飽飯，就有力氣做事了。然後，記得要對父母好，也要回報給曾經對我們好的人。」一樣是在夢境中，姨媽還不忘在大圓桌上提醒大家將自己辛苦煮好的飯菜吃完。她牢記著每個親人的口味，老大最近火氣大，要吃清淡；二哥不吃牛，喜歡吃魚；老么長期都在台北吃外食，為了付房租連吃都省了，記得多包兩個便當給他；孫女喜歡喝甜食，吃完正餐已經煮好冰仙草湯放在冰箱；女兒儘管愛鬥嘴鼓，卻不斷夾著飯菜給他；姨丈不見蹤影，應該又跑去樓上陽台去看那些花花草草了，待會要叫我把他帶下來一起用餐……。這些簡單的事情，突然都變成在夢裡才能實現的，後來在努力搶救後活了下來，但腦部受創與癱瘓的半部卻影響了身體機能。

姨媽從熟悉的家，改住到了療養院，她經常望著療養院的窗外，不知在想些什麼？我想起那時，跟她一起說好的紫斑蝶之約。那是她印象最深刻的一次旅行，在天空甫透亮的時刻，山裡成群結隊飛舞的蝴蝶，為了避冬來到茂林，這座被稱作媲美墨西哥帝王蝶谷的紫蝶幽谷。在這個地方，牠們輕靈舞動的翩翩飛舞，像是喚醒了成群的生命力，尤其在曾遭受八八風災屋毀人亡的當地，從絕望裡再次看到希望的燃起。牠們飛向島給納*的舉動，像是提醒著每個人，對於希望的堅持，以及對

於下一代的傳遞。

　　看到自然萬物如此努力的求生，不斷的遷徙，就為了能讓下一代著根生長，盡力去付出給身邊的人多一點的愛護、多一點的寬容，這是理念，也是承擔，是我在這樣的家庭裡所學習、所感受到的。

＊　島給納為當地的名稱。

列車穿過窸窣的時光，風輕輕靜靜地吹

　　每天都要搭上列車，慢慢從一個地方晃去另一個地方。過程挺遠，總從地下月台的黑穿到亮晃晃的窗景。

　　在列車上，有時感受到時間的擱淺。例如在清晨，身邊幾個穿著學校制服的學生女孩，一手拉著拉環，一手捧著英文單字書，撐著眼皮的輕輕念著；而隔壁的阿伯坐在位置上，抱著公事包，睡得如此香甜，好像世界都靜在這裡。隔壁的阿姨在擁擠的車廂裡自備折椅，當我們聞到水果的氣味從其他人帶著的早餐味中竄出，我看見他也順便自備著水果刀與蘋果，一邊削著，一邊準確的落入他準備的一個個塑膠袋，就差直接拿出叫賣。因為擁擠，我們距離得如此接近，就像彼此的生活近在咫尺。我突然被一種靈感敲醒，在包包內翻找著筆想來寫下身邊彷彿恍惚，而差點夢遊的擁擠時光。筆記本是拿出來了，但我始終翻不到我的筆。

　　「把筆給你，我會給你全世界。」從背後聽到了這個聲音，我轉了轉頭，找不到聲音的來源。我再次按下筆的頂端，列車猛然煞住，站著的人都紛紛摔得東倒西歪。我看到一個將頭髮染得五顏六色的少年緊抓著身邊的欄杆，半跌著把筆交給了我，他告訴了我他在創業的艱辛，而這支筆代表的是他今天的午餐，也是他的未來。當時的我聽了實在感動泣涕，便從錢包掏出了我的午餐錢，跟他交換了這支愛心筆。「如果我們都有了這樣的愛心，這世界就不會再有任何的爭端了吧。」我暗

自想著，覺得世界如此美好。

　　於是我抬頭再從窗口望出，見證街道的整型。在經過的觀光區，我看到連鎖藥妝街、紀念品店，以及無處不在的鳳梨酥、太陽餅以及千層酥，都被當地貼上特產的標籤。我低頭看到坐在我對角線位置的中年男子，他戴著畫家帽、戴著眼鏡，留著白白長長的山羊鬍，拿著一本素描本，不斷對我比出大拇指的稱讚，然後不時微笑的看著我，並在本子上似乎在畫些什麼。我起初不以為意，但看著他越畫越起勁而感到好奇，原來他畫的是我身旁的學生女孩。猝然感受到言不及義的哀傷，還是回到用手機漫不經心地划著，我找到星座運勢，然後又連結到了時事新聞，在上面看到了那些不公義的新聞，心中還是會起波瀾，恨不得化身成超級英雄，就像小時候洗完澡，將自己裝扮成拿起盾牌，並掛著浴巾在肩上當作披風的超人，期盼能夠打擊這世上的惡。

　　沿著畫家大叔的方向看去，在另一個車廂，隱約有一位老太太佝僂著身軀，拉著一個菜籃，坐在末端。他拿出了手帕，擦了頭頂上滿滿的汗珠，突然想起遠在基隆的外婆。

　　在那些小學時畫著外婆的畫像，她的臉永遠是慈祥且帶著笑容的。她的身子矮矮的，每天三四點起來，就是準備爬山，接著六七點回到家中準備早餐，等家裡其他人紛紛出門後，隨即就拉開在佛堂內的桌子準備誦經。這是我印象中的她，包括每一次她遠從基隆來到台北時，拉著滿滿的菜籃，裝著許多她在市場買好的蔬果，以及她包好的便當，帶來給她的女兒，我的母親，就怕她餓著了。

我從未跟他一起在列車上替她拉著菜籃，她總是在要來到我們家之前，外婆會先打電話告訴我到巷口等。接著外婆會坐著計程車來到，我再次幫她搬上樓梯來到我們家裡。而也有幾次爸媽產生摩擦後，媽媽帶著我到其他地方去住幾天，而外婆早在火車站等著我們。外婆帶著我們一起到南部旅行，我們在車上玩著大富翁的遊戲，攤開地圖，丟著骰子，我一步步的教我的外婆怎麼去玩。她竟然贏得了一盤又一盤，他總笑著說要拿這些贏得的玩具紙鈔去買菜，我怕單純的外婆到時真買去，我便告訴他絕對不可以這麼作，並自作聰明的把遊戲藏了起來。

　　後來，在外婆生病的那段時間。我開始練習帶著還在就讀小學的弟弟搭車，因為母親在醫院陪著外婆，我們稚嫩的在月台裡辨認方向，辨認我們在成長的旅途或許有一個什麼樣的指引，會有種聲音告訴自己該怎麼走，而自己又身在何處？

　　而始終都沒發生。

　　始終，我們都是這樣走下去的。就像那次我們第一次找著病房，按照母親寫給我的病房號碼與粗略畫出的路線圖，我們按圖索驥，沿著指標找到病房。但還沒走進病房，就聽到母親與姨媽的哭聲，弟弟與我驚怵的微微打開著門，透過縫裡瞧著外婆仍然熟睡著，但他們似乎聊到那些過往一起相處的時光，現在看著外婆拖著病體，萬分的捨不得總是心如刀割。

　　我們兩兄弟始終沒有勇氣將門推開。於是我拉著弟弟一起去買飲料，順便幫他們買水再上來。但突然整座醫院像一座迷宮，指引牌上的文字我們一個也認不得，旁邊的空氣彷彿靜

滯，身邊沒有其他的聲音，我們就在這樓層裡迷航、擱淺，就要被黑洞拉進一片未知的空間……總算有一雙手把我們拉回。那雙父親的手拉著我們兄弟的手，他帶著我們走進醫院地下室的便利商店。

剛才的一切恍如夢境，儘管再企盼都是一場荒誕的玩笑。再多的難以接受，卻是我們人生裡所必須遭遇的難題。我想，我們應該不是如此脆弱，卻在一些時刻變得脆弱，尤其是面對到無可奈何的時候。就像搭上誤點的車或卡在車陣之中的狀況，遠方隱隱有一種呼喚，即便我們極力想要趕赴，我們卻淹沒在這海潮裡。後來，慢慢對於時間感有了某種程度的敏感與控制欲，尤其面對那些遲到的情況──寧可去提早，也不要有後續的後悔。

但後悔這件事是奇妙的。通常發生在我們的成長裡頭，因為成長，我們才得以知道過去的錯誤或悔恨，才會產生遺憾的心態。幸運的話，或者能夠擁有彌補的機會；或者，它就會成為在心裡的一個傷痕，時時提醒自己，在下一次面對時千萬不要重蹈覆轍。

通常是這樣的。

通常總是這樣的。例如現今在平日搭乘列車上下班的時光，手機裡的窗景成為抬頭窗景以外最多人習慣的動作。我聽到列車通過時光，在鐵道上逐步前進，按照著站牌的順序，看似逐步前進。

穿

在打開了書本以後，幾張被當作書籤的名片紛紛飛逝而出，如雪絮般的紙片，他們乘載著各自的姓字，卻不因具備的職稱輕重而有不同的重量；他們乘載著時光，一張一張在我眼前勾起了個別相識的回憶。他們是一張張用文字寫滿的臉，有的富麗堂皇、有的輕描淡寫，有的甚至在名片上頭不斷塗改，甚至看到「當事人」好不容易找到自己舒適的位置。

突然有種錯覺，我走進深海裡，一邊閃躲著一層層礁群，一邊嘗試碰觸那些迎面而來的記憶，是一段段不斷被累積的詞彙，堆疊出各種故事，也是一幅幅流動的風景，表層有股濃霧罩著，彷彿一切都是夢境。

我拿起了一張透明的名片，那是學長 Z 在進入保險公司後，興沖沖給我號稱個人的第二張名片。我何其有幸能拿到他的第一張系學會會長的名片，是在我作為新生時，學長所給予我他在系學會的名片。

「你應該要感到驕傲。」我在接受這張名片時，他浮誇而熱情的告訴了我，這與總在團體裡怯生生的自己形成衝突的對比。可能我說話的速度太慢，他總是搶在我前面替我決定，幫我解釋。包括把我帶進他所組隊的體育競賽，包括合唱、兩人三腳、大隊啦啦舞比賽。

我們都留得挺晚。我們總選在國家圖書館對面的中正紀念堂內排練舞蹈、練習合唱，在傍晚放學後，他騎車載著我去拿

大家的便當，於是看到天邊的夕陽慢慢被黑夜湮沒。我總在晚餐休息時間，一個人帶著便當，盯著對岸發光的圖書館，幻想裡面的人是怎麼搜查資料，因為太累，突然有種奇妙幻想，是八爪章魚惡狠狠逼迫每位研究生，在大雄寶殿般的書庫內，一本一本的翻找章魚所要的那一句字彙，找不到的便被他吞噬，而來得及逃跑的都在燈光暗下以前，狼狽的衝出大門，快速步下階梯，日復一日，然後再一車車的準備飼料，將找好的書餵進這未知的惡魔……但暴怒的惡魔開始憤怒，整個世界天搖地動，我跟著頭暈目眩。

我不禁打了起哆嗦，原來是身邊的同學不斷搖著我，順便替我的噩夢作特效。我們日以繼夜的苦練，上學期苦練合唱比賽、下學期苦練啦啦舞，從街舞、民俗舞蹈、甚至競技表演等，我們自以為能匯串成總排名數一數二的精彩演出。每當我們好不容易到了休息時間，我們幾個人，索性躺在地上，把彼此的手臂當作枕頭，就這樣交叉的躺著。看著夜空，但終究不像電視裡演的滿空星斗，只能偶爾看到幾顆閃亮的星星。我們就這樣，似乎把這些星星當作是自己未來的夢想，可望而不可及，從眼界所望，成為緩緩植入意識的一顆種子。關於未來，我們有太多想作，卻到後來才發現，我們的時間好少。

或許時間短到來不及遺憾，或許那些無謂的爭吵也僅為浪費寶貴的相處時間。即便我們其實也沒有什麼空間好容納爭吵。

「我在以前就特別害羞，是邊緣人。不是全班排擠我那種，是我排擠全班那樣。我不知道怎麼與人相處。所有那些你

看到的活潑，其實只是我掩飾內心的緊張。」在一次休息的時間，Z 學長突然告訴我們這件事情。我們紛紛打開話匣子，揭露出自己難以開口的秘密。

「其實我是填錯志願才來的，沒想到在這裡發現我現在的女友，我相信，這是緣分的牽引……」

「其實我墮過胎。後來我離開學校，重考來到這裡……」

「你們別看我是運動校隊，我知道很多人都背地都說我是高冷型的女生，說我不解風情。我不是孤僻，我只是覺得跟女生相處還是快樂些，我好像喜歡女生吧……」

我們紛紛在夜空下揭露自己的秘密。也好像一場告解大會，卻又在後頭匆匆為自己解釋。配著一次次的驚呼，我們就像打開驚喜禮物的孩子，揭開的絲帶就像每個即將帶出的震撼的爆點，我們期待、卻又害怕受傷。

「其實學長你應該總以為，我老是 MSN 不上線。其實，我只是封鎖了你。」突如其來的告解，兩個當事人都在場時變成大尷尬。「你總是太熱衷的投入活動，我不懂得拒絕，但你讓我很尷尬。你知道嗎？可以不要只活在自己的世界裡面嗎？」室友沒注意到我要他打住的手勢。或者說，刻意不見，想一股腦的抒發。

一向說話找不到句點的學長，突然就像子彈用盡的烏茲衝鋒槍。冷冰冰的對著我們，一言不發。直到教練再次把我們集合起來，我們按照著「1、2、3、4」的口令，按部就班的排練，按部就班的長大。

當天晚上，室友發現自己口快傷人，隨即在練習結束後道

歉，學長依然笑臉迎人，告訴大家不要在意，並要他什麼都別說了，隔天有空再繼續一起來練習。我卻依稀看到，他在笑容面具後，有個東西受了傷，隱約有個乒乓碎裂的聲音，在我們的耳邊隱隱傳出。

很快三個月過去，我們到了比賽日前一週，準備抽籤出場順序。學長姐們希望我們這些大一能有代表去抽籤為自己帶來好運。眼見沒有人願意伸手自願，我們四五十位的選手抽籤，抽出了那位曾對學長的雞婆不諒解的室友作為代表。但他突然就眼眶泛紅，告訴我們他先前對學長的質疑感到無比的抱歉，有無數次他想道歉，但話還來不及說出口，又被他的面子給了回票。

於是一句說不出口的話，卡在喉頭與心頭間，不上不下，成了一顆硬吞下去的冰角，憋得實在太難受。這時學長走到他的背後，拍了拍他的肩頭，然後我則在室友面前，給了他一個大擁抱，於是大家紛紛湊上來，我們圍成一個濃密的圈圈，所有的汗水與青春，好像都圍在我們之間，閃閃發亮。

「所以你來代表抽籤吧，全勤王！」室友突然把這個畫好記號的竹籤交給了我，然後大家團團圍著我用力鼓掌。我詫異的接下了。這彷彿被日子削尖的籤，有股魔力，告訴我打破所有有關我是「東方神秘力量」的迷信。

在國小的時候，「衰尾」就是我的綽號，在國中、高中，他們沒有人去傳達這個稱號，但這個稱呼卻一直忠誠地跟隨著我。在國小的時候，我支持的職業棒球隊——收攤，我胸口煩悶地看著那些球迷失落的接受訪問；到國中的時候，我跑大隊

接力比賽，三次參加、三次準備交棒給我的同學都必定跌倒；高中的時候，我成為象迷，看了十次現場的比賽，九場都是對方大勝，自己的投手明明是防禦率王，那天卻會變成投給對方打的發球機；對方的投手明明一勝難求，那場突然仿若賽揚再世，把我們的打線封鎖的密不透風，進而打得我們球隊灰頭土臉。還有剩下一場沒有勝負的比賽，照常理發展，應該即將突破魔咒，在兩局拿下 8-0 的大幅超前後，突然降下了大雨，讓該日的比賽必須重打而取消。

我始終加油的戰績尚未開張，我卻希望在大學時能夠扭轉這一切的命運。我帶著全系的祝福，跟學長一起走進了體育館，每個系上的代表都紛紛來到這裡，有人神色緊張、有人故作輕鬆，我想他們應該個個都是肩負著全系上下的期待吧！

我是第一個抽籤的，在三十多個系代表的關注之下，我抽到了排序第一位！瞬間，全場歡聲雷動，紛紛跑來向我擊掌、恭喜，好像我們已經贏得總冠軍一樣。但熱情的學長依舊拍拍我的肩膀，鼓勵著我，回去跟大家報告這個好消息吧！換個角度想，我們第一個演出，第一個結束，後面可以當個好好欣賞的觀眾。

當然帶回消息後，經過學長栩栩如生、歷歷如繪的報導抽籤實況，全場每個人反而歡笑連連。他的熱情感染了我們每一個人，我原本以為的場景應該是全場傻眼，甚至咒罵我、抱怨我的方式，形容我的壞手運，而學長扭轉了一切。

也很快的一個禮拜就過去了，很快就到了比賽的日子。沒有人再說我衰，即便我告訴他們我過往的經歷，卻在學長的轉

化以後，「下次記得帶著我一起買彩券，我們要集資買下那些你沒有填上的號碼。」他們總是會用類似這樣的玩笑話去化解。我總是癡癡的笑著，也不知該說些什麼來辯駁。比賽的十分鐘，一溜煙就過去了，在下場以後，突然覺得生命有塊重心被抽走，習慣到了時間就往練習場跑，在未來該做些什麼呢？我開始有這樣的疑惑，就像瘟疫一樣逐漸蔓延開來，我週遭的人開始討論這件事情，直到所有的隊伍表演結束。

公布名次。像我們所不敢奢望的，這不像許多電視劇裡的奇蹟橋段，我們沒有獲得優勝。但我們告訴自己，我們都很盡力練習，盡力面對自己。正當這個時候，主辦單位突然宣布，在今年起，增加了一項精神總錦標，那就是我們。於是我們把學長團團圍住，高高舉起了他，將他往天空中拋。

就像一條秘密交織在生活中的線，後來的我經常會到那時在練習場對面的圖書館，那裡有許多值得敬仰的創作與研究。是言說的積累、是歷史的堆積、是生命中智慧的展現。

直到數年方後，我在翻閱某日的新聞地方版，一個熟悉的名字，出現在報紙的角落，為了救一個大家都誤以為是溺水的孩童，他義無反顧的衝進去，被大浪吞噬。而從廁所走出的孩子，原來是為了逃避課業所躲入，卻被旁觀的民眾誤指，至始至尾，或許這孩子全然不知發生了什麼事情。

穿過鐵灰色的霧，時光仍鼎在坡上光亮

　　好久沒有回到這裡了。

　　走進老社區裡，消失的公園被抽高的大廈所取代，聽見浪聲緩緩的拍來，我似乎是走進童年裡的夢境，四週的野地開滿碎碎的小花，我隨手夾取一片落葉，那輪廓彷彿是台灣的縮影，熟悉又陌生。

　　突然想起那時就讀小學時躲在溜滑梯上的自己，對於世界有那麼點驚懼，卻又希望他人能夠找到自己。往往犯了錯就往那邊溜滑梯上躲去，以為就不會被世界所發現，曾在那邊從中午躲到晚上，肚子咕嚕嚕的，連流浪狗群都集聚著跑來溜滑梯下方，好奇的叫聲好像問著我，為什麼要佔據這個地方不下來。看著我瑟縮在一起的身體，他們或許也將我當成是同類吧。但我在那個角度所往下俯瞰的，是許多人興高采烈的童年，父母拉著孩子在公園裡彼此遊玩。

　　而每次回到外婆家，我的母親總是在舅舅的餐廳裡忙進忙外，頂多帶著我往菜市場跑，但當時我更情願的或許是往對面的書店跑。在書店裡，一本腦筋急轉彎或朱德庸的漫畫，就夠我看一個下午。

　　外婆是虔誠的教徒，自己不斷地唸佛經、也聽佛經，甚至遇到了不熟的字會拿來問我，「這個字是什麼意思？這個字怎麼念？」當時的我聰明過分，以為這些事情再簡單不過。於是在告一段落後，她會騎著車帶著我到海邊去玩，我們在那邊認

識寄居蟹、海蟑螂，脫去鞋便往沙灘跑去。那裡有個迷宮，外婆經常是會陪著我一起進去嘗試破關。

直到有一天，外婆突然告訴我，她可能跑不動了，要我自己進去試試看，她在出口等，如果有遇到真的解決不了的時候，我便大聲呼救就是了，她就會在終點方用聲音來指引我。

也因為參與了太多次的遊戲，當然是難不倒自己。直到有天母親告訴我，外婆要接受化療，那次很不懂事，只想著為什麼外婆不再帶自己到海邊遊玩，生了悶氣被家人們責備，直到躲在醫院的病房門外，聽到外婆難過的嘔吐聲，以及每個人難過的啜泣，那些自己犯下的錯與後悔莫及的心情突然像是被濺起的水花聲，接替的響在無數回想起的情節。此時的病房突然像一個大迷宮，即便充滿了指引，怎麼樣我也找不到出口，並且我發現原來的喧囂變為一片沉默，我看著每個人的嘴巴都在動，不論身處在燈光裡外的明暗之處，沒有任何聲音，我也沒有任何方向。

好不容易離開了醫院，沒有來自、沒有目的地，我羞愧得不知道該怎麼面對親人們，於是我一個人躲到了溜滑梯上。不知不覺哭了，然後打起盹來，在夢境裡，我夢到外婆帶著掃把來找我，她小小的個子揮動著掃把，驅離那些包圍的野狗。

突然感受到臉頰上被偌大的水珠滴醒，醒來發現眼前的風景就像是有人調暗了色彩，並有一絲一絲、斷斷續續的虛線慢慢連成了滂沱的雨勢，這一切莫名的有親切感。十之八九的雨日、濃濃的溼氣與鹹味，天空好像離我很靠近。

莫名在夢境裡想到的外婆，後來是沒再出現在溜滑梯邊。

我緩緩爬下樓，躲到騎樓，看著突如其來的暴雨。在排水管好像看到了幾條逐漸龜裂的裂縫，探出了小小的蟹螯，幾隻寄居蟹舉起了螯，彷彿示威著即將帶著自己的族人前進！看著牠們緊接著穿入了牆壁，我揉揉眼睛，就像美系的怪奇電影，瀰漫著謎團而吸引著人跟著他們前進。

　　後來我跟著蟹群來到了和平島，這裡又被稱作大雞籠嶼。為了與本島東北海上的小雞籠嶼作區隔，大雞籠嶼依循行政區的社寮町而有了「社寮島」的別稱。我跟著他們來到一片灘岸，透過碉堡的窗口，似乎從歷史的角度從現代去望見未來，過去面臨生離死別之處，此刻成了旅人紀念留影的勝地，海蝕的力量在岩石上留下痕跡，蕈狀岩、豆腐岩、急轉直下的崖岸等，就像我們在成長旅途中的情節，與留下來的證據。或許是因為基隆的海水氣息，我生下來特別對於海菜情有獨鍾，但對於海港邊的漁產會有多一分的心思，想到如果上了岸的我們，如果無止盡的捕獲漁產，他們的族群是否會絕跡？大自然的平衡是否會被影響？

　　在許多時候，看到許多參與完浮潛的人們，上岸後紛紛說著對於海底樂園的驚喜，為那些所看到的繽紛漁群及珊瑚礁興奮的所見所聞，然後在舅舅的海產餐廳裡大快朵頤，把漁類幾乎點了一輪，留下好多根本沒有吃到的魚。

　　而這個產生的疑問，就怕只是不食人間煙火的感發。或許是外婆曾看到年紀小小的我對於這片海洋產生的好奇與疑惑。她總是會走過來，摸摸我的頭，不發一語的陪我一起看著海。然後告訴我，「我沒念過什麼書，但這片海是陸地的母親，我

們的陸地都在海平面上。我們懂得尊重海，尊重裡面的生命，他們也會尊重我們。」這些話我當時終究是沒能弄懂，但一直停放在心裡頭，即便後來也沒機會再去問外婆了，但仍持續把這樣的話，企圖傳遞那份精神給下一代。

蟹群一路帶著我跳入航道，在藍色隧道裡，四週蔓延著非常璀璨的光線，在上到岸邊時，我們來到了正濱漁港，這裡如海上威尼斯般，繽紛瑰麗的建築物成為觀光景點，一艦名為民間美術號的海上美術館停靠於此。許多旅團在此拍照、打卡，在他們的相機裡，底片應該是凝住了當時的容貌與情緒吧。後來陽光突然灑落下來，似乎堅決的等候，用一種樂觀的態度引領著此刻迷失的自己。嗣後他們化身成一塊塊的影子，結隊成群，爬到我的手臂之上，排列成了一組字，是一組心中滿懷的歉疚，如何去說表達道歉，說不出口，但已經排成一行行的文字。我再揉一揉雙眼，再次回到那個溜滑梯上，不知睡了多久，母親在下面喊叫我回去吃午餐，看著她一邊擦著汗水一邊喊叫著我。我才從這個夢境醒來，那段奇特的經歷帶我領略過去許多時光，我回了回頭，看到似乎有一群黑影般的小小寄居蟹從溜滑梯底部鑽出，橫行到另一塊陰影底下的沙坑。

不知不覺就突然長大了。許多事情似乎與期待的狀況有蠻大的落差。漸漸在成長的過程，很多事情乾脆變得不抱期待。太多次在過分期待後落空，最後紛紛化為一聲長長而無奈的嘆息。那聲嘆息，體會到深刻的無奈。舉例來說，失眠就告訴自己聽〈明天會更好〉，提醒自己即使在輾轉難眠後醒來，也還是今天，我們沒有在睡眠這件事花費太多時間——而明天總是

會好的。

　　在時下流行的正面思考中，隱微的欺騙自己。又像是有人曾說每天叫醒我們的，是夢想。但到了自己的身上，發現不是鬧鈴，便是排山倒海的煩惱，那些老闆交代卻卡關的任務，這些背負著的學貸、房貸或人情債

　　就因為太多事情無法掌握，「時機到了，就能成熟吧。」於是練習這樣告訴自己。如果還有緣的話。就像那次跑錯場的音樂會入口，那次找不到醫院出口的方向，順著指引仍走錯方向的路。

　　感到困惑的時候，腳步不能跟著疑惑停下來。又或許，在某些發生的契機，我們都會知道而不再錯過了吧。必須強迫自己，持續去走、去看、去聽、去認識不同的人，

　　過了二十幾年後，再次走回熟悉的基隆市場，透早陪母親去市場，協助餐廳的前置任務，更重要的是陪伴。

　　與市場裡的魚老闆、蝦大姐、水果王再次幫我自我介紹最後一站來到有牛肉西施的地方。老闆娘先誇讚我長得斯文，要多吃點肉，順道說有像外婆留下來的溫暖氣質。或許是認同與驕傲吧，母親覺得開心，於是從半斤追加到了一斤，接著母親好奇問起對方的女兒年紀，有沒有男朋友？看著老闆娘笑得合不攏嘴，然後母親追說老闆娘的兒子也很棒，誇讚繼承老闆的帥氣與聰明，然後女兒秀氣與美麗如老闆娘，如果有這樣貼心的兒女真的有福氣！

　　最後牛肉攤的老闆娘眉開眼笑，從原先的兩百九十殺到二百五十。

這趟買菜之旅，我們買了超出一整籃的菜。將菜車扛上了車，車子穿過了基隆火車站，上橋、下橋，我看著窗外，彷彿切換著和過去自我的窗景。從火車站外走出，依然能在港口邊看到這座城市的魅力，咖啡廳、豐富多元的商店，吸引了許多來來往往的人潮。在蜂擁而至的人潮裡，彷彿能見到一位中年女子拉著兩個孩子，穿出了火車站，一位個子不高的婆婆已在那邊久候，她綁著包包頭，雙手背在背後，微微的駝著背，始終掛滿溫暖的微笑。兩個孩子興奮的叫了「外婆！」，而那位婆婆伸出雙手牽住兩個孩子，準備帶著他們回家。

黑洞

我們不知道自己會往哪裡駛去，而不知不覺就走到這裡了。

這條路對我們而言，可能是太過巨大了。我們一路在八卦山上，走走停停，而機車前方的白色大燈照射出眼前的路，像是在偌大的黑色畫布中反襯著，一條逐漸蔓延出屬於我們存在的亮白色，而使勁前進。我們順著地勢高低起伏，隨著風勢左右搖擺，找回到一個能夠持續往前的位置。

那是大學畢業後的幾天，我申請了提早入伍。而曾是班對的女孩也提前提出分開……「原本想等到你收到入伍令再跟你說的。」女孩告訴我的那天，是一如往常的接送她下班、到她的家。我已經忘記那夜的天空是什麼狀態，是星羅棋布或是黯淡無光，卻只記得在她上樓後，而我在她家樓下呆視著那隻懷了孕的母貓，跳上另一部機車的座墊上，與我對視。突然收到一枚來自國小同學的手機簡訊。

「好久不見，我們都要畢業了吧。你不是說找天要過來找我？從四年前說到現在。你再不來，我都要回台北了。」

莫非這是上天的寓意？於是我回覆他，我現在就可以出發。臨時起意，我一路就從中和騎向員林。那是我們青春的衝動，他打開門後，反倒沒有太多的訝異，告訴我明天週末他繼續要到羽毛球的球館教球，把我載過去，可以到處隨便逛逛。

我跟友人是在國中時因為電玩而認識，我們玩的是格鬥遊

戲，遊戲規則裡只能有一位勝利者可以繼續下去。所謂不打不相識，原來對面機台的對手，是隔壁班的同學，還是住在隔壁巷子的鄰居。後來我們升學到不同的學校，因為他考到了彰化的大學，他幾乎都住在那邊，而我們後來頂多透過網路即時通維持連繫。

在一大早，看著他熟門熟路的載著我，去吃隔壁巷子的高麗菜飯。一端上來，看到滷透的高麗菜蓋在飯上，還有油亮的豬皮與油豆腐，滑順軟嫩的口感讓人感受到這塊土地的生命力，一口菜、一口飯，乍看簡單的搭配卻能吃到老闆料理的用心，在被拌炒過的米飯納收著香菇與芋頭的香氣，而這些如此富有層次的滋味，他又是多早以前就要熬煮與準備了呢？看到我吃得「驚為天人」的表情，友人再補充的告訴我，這家已經是第二代經營了，他從兩年前接手時被客人嫌說「走味」，他堅持的繼續作下去——看似簡單的一件事，他想不簡單的作了一輩子，可能就像他想要接續已經離開的父親那樣，傳承下去那樣簡單而幸福的滋味。

在一早出門，便能吃到如此富含人情味的早餐，不僅幸福，而且感受到一天都有了滿滿的能量。於是我們來到了球場，看著一群群的孩子們整齊劃一地練習揮拍、練習發球，全神貫注在反覆的動作裡，就怕疏忽了哪一個細節。看著友人嚴肅地走入球場，小小球員們紛紛喊著他「教練」，背著球袋紛紛跟著他往球場前進，那些孩子不時困惑的看了看我，可能好奇我從哪來？我是誰？莫非也是教練的國手朋友嗎？但他們又好像看了看我細瘦的小腿、慘白的皮膚，交頭接耳的搖了頭，

彷彿他們在交換信號，說我應該不是在他們這個世界裡的。於是我跟那群孩子不時交換眼神，並且又像是個球僮，就怕跟不上他們的腳步似的，背著我的行李袋小跑步起來。

在友人交代了這群學員們，今天練習的重點與準備模擬比賽的事項後，終於有個小球員耐不住好奇心，右手舉起了手，並且左手指向我，問我是教練的「男朋友」嗎？看似小朋友無心隨口的提問，友人卻是義正嚴辭的告訴他們，「每個人都有每個人的價值觀，我們要學會彼此尊重；只要是不影響安危、不影響他人的狀態下，學著用同理心去看待。尤其是我們都在這裡學打球，大家幾乎都希望未來可以走這條路，難道有誰打得比較差就要看不起？難道現在打遍天下無敵手，以後一定可以繼續在這條路上走下去？」這番話在當時真令我刮目相看，也讓我重新回憶起他的形象，尤其是我們一起在電動玩具店裡，用衝動的話去回應刻意挑釁的學長們。當時友人與我，和對面的學長們相互叫陣，始終沒有大打出手，但來往的語彙卻是幼稚至極，從誰年長幾歲比到段考分數，然後我們就像抽著鬼牌似的喊著我們的友人名字，希望能有壓倒對方氣焰的機會。

最終那個架始終是沒有打成。但我卻在這裡看著十幾年以後的友人，揮汗如雨的打羽毛球、教孩子們打球。我選了一張窩在角落的冷板凳，看著他教著孩子，眼神銳利的瞄準了球，扎實的打向球心──對面的孩子不只是追著迎面而來的球，而要學會去預想，如何確實的落在網上，並且再回應到對面的球場。這場競賽不只是打高、打遠就夠了，而是要落在線內。

像是在有規則、有限的時間光譜裡，與命運對抽著彼此往來的球。

突然有了這樣莫名神奇的體悟後，於是我隻身往球場外走去，我穿越週遭一大早就開門的手搖飲店、書局、大賣場，穿越香噴噴的爌肉飯店，並看著台上那些一盤盤的小菜、以及一大鍋的味噌湯，光聞到味道就令人垂涎三尺。但是身上沒有太多的零錢，只能用眼睛去品嚐，並等待中午的時光。這時低下頭才看到我的身上有了許多陽光的影子，或許是那天從台北騎車南下所留下的獎勵吧。接著我走到公園裡，看著幾位年近八十的爺爺們下棋，看得津津有味時，我的友人結束了訓練，邀約我一起午餐，並且一起看場電影。接著在吃完牛排之後，他帶著我走到傳統市場裡面，剛開始我還訝異，他還在外地學會了燒菜煮飯，要來採買晚上的菜，原來是電影院在市場的二樓。

我們一連看完了兩部電影，到外頭天已經暗了下來，我們也準備回到他的宿舍。於是我坐上他的野狼後座，他載著我，我們穿梭在涼風中。突然發現在這幾年，我們雖然沒有很多的聯繫，大多都是一些新年快樂、聖誕快樂的罐頭訊息，但我記得還有在他親人離開後給予的問候。

「謝謝。」這是當時他接收到來自各方給予溫暖後的回覆，畢竟在一週內父親與爺爺接連離開，他告訴我當時的腦袋不只空轉，更讓人懷疑在這個家中，將來還有什麼親人還在？他想起了自己的親弟弟、親妹妹，想起他將是這個家裡面他們唯一的長輩了。他告訴我，當他接到電話的那天，以為是惡意

的詐騙集團，先是父親無預警的心肌梗塞，後來在一週內爺爺相繼因病臥床，再多無盡的悔恨都來不及換回那些親情，來不及填補那些遺憾。他告訴我，還有什麼好失去的呢？

接著我們沉默了很久。在深夜的沉默，像是對自己的低聲傾訴。就像是爬在琴弦上的每一小條細節，無權多說，卻能依稀感到顫動。我們能理所當然的說出各種故事，演練無數可能的發展，再目送那些傷痕累累的遺憾離開。於是開始多繞一些路回家，或多在車上留一會。

於是在孤獨以後，學會人前歡笑。而我們在黑夜裡騎著車，在車道上沒有太多的車，幾乎只聽到野狼機車的引擎聲。太多的負能量彼此吸引，彷彿就像是一個黑洞，黑洞意味著強烈巨大的引力，更多的顏色也終被同化成一片漆黑。那裡的黑，伸手不見五指；那裡的黑，像天文學家想要揭曉的謎；這些黑，扭曲時空，創造愛因斯坦的「相對論」。相對的，相對黑洞的，我們能在滲出光亮的一絲透光，找到一側的出口。

「儘管如此，我們都走下去了。曾以為再狼狽或難堪的路，我們一路走到現在了。」反倒是他安慰了我，而說出了這樣的話。相對於我那刻的迷失，他沒來由的一句話，就像是穿越宇宙光年的方式，回應到以為人生迷失的座標。

從頭到尾，我們只是學著如何去接受。

我們學著接受那些不堪的自己，接受跳出習慣的那一百萬種可能。我們一路從快到慢，減緩著速度，讓靈魂跟上⋯⋯他似乎也學會了浪漫，為了讓我看清楚八卦山的夜景，越騎越慢、越走越緩。

「沒油了。」他呵呵笑的說著。我還以為他是開玩笑，但看到油箱的指標已經見底，以及數次想發動野狼機車，機車像不斷說著「鵝鵝鵝鵝鵝鵝鵝」的嘲笑著我們。友人告訴我，最近的加油站，走路的話還有 30 分鐘路程。眼看附近沒有太多的店面，我們兩個人只得推著機車，在公路上，沿路不時聽見野犬鳴吠，並看到身邊那些已經打烊的工廠，我腦海裡突然浮現那些恐怖片電影演出的畫面。

在一條黑夜無盡的道路上，這條路上只有我們兩人和一部不能發動的機車，喪屍就要從工廠內竄出，或者是我們即將成為週遭狼犬的獵食。

我們一路推了 20 分鐘，趕緊趁這個機會補完彼此生活的點滴。走到一家工廠前，突然汽車的大燈亮起，原來是某家店的老闆，他看到我們推著車，主動詢問如何提供協助？然後就看他帥氣的提了一罐礦泉水瓶裝的汽油帶回來給我們。

這果真是台灣最美的人情味風景。機車加上了油，隨即再次發動起來，友人載著我穿越山路，走進市區。照著紅綠燈停下，也等著平交道的火車開過，一路走走停停，我們就這樣走了下去。即便我們經過那些始料未及的路程。

我回到他的宿舍，依然放著他最愛的張學友。真好，好像我們都不會老。這時，我到 CD 架上找著那些張學友的專輯，轉頭竟看到書桌底下的一隻刺蝟。

「這是我室友寄我照顧的。」我一邊聽著友人說著，一邊好奇的看著他可愛的模樣，並不時緊張而發出嗤之以鼻的悶哼。放起張學友的歌後，友人忘情的隨著歌神一起哼著，刺蝟

也卸下防備，慵懶的再次躺下，並逼逼的叫著。

「你看，就說我是彰化張學友，連刺蝟都為我著迷。」

太多時候，我們都把自己搞得太像刺蝟。其實不只刺傷人家，也是對自己的一種傷害。面對始料未及的傷害，通常是沒有人願意的，但我們依然能夠選擇接受、面對、放下那些。

我會說服自己，一切都是好的，說服自己作出一種成熟的表現：「因為成長，了解哪些是遺憾。而我們並因此更堅強，也更具有同理心。」

夜晚很好，而我們何其有幸。

都市遊牧民族

　　有些時光，終究是徒勞無功。

　　列車擦過風勢，發現有多久沒緩下腳步去看看窗邊的街景。窗邊的陽光，灑落在田邊，進行整型的街道，以及通過的人們，以及通過的時光。

　　我走出日南火車站，呼吸到空氣的緩慢，在傍晚時分有許多民眾在外頭運動，夏天的夜色降臨的特別緩慢，我在這裡等著他騎車搭載。兩三年沒見了，一切都像印象中那樣，被陽光堆滿的溫暖笑容，紮著馬尾，黑了一點。我自己應該是老了一些，皺紋也多了一點。

　　我們到了附近的夜市，各點了一份鐵板麵，「這是我記憶裡最棒的鐵板麵口味。」老闆熟練的加著黑胡椒醬與磨菇醬，黃色的麵條彈牙又入味，原來是他那時在台北時一直不斷跟我說著要到他家那邊就能吃到的鐵板麵。這裡一切的時光都好緩慢，我們都穿著一雙拖鞋，閒晃在街道中，再拿著一盤臭豆腐，晃到大樹下吃。看著眼前投幣的旋轉木馬，許多孩子興奮的坐上，不斷循環著圓圈，他們的家人在旁興奮的叫他們往鏡頭揮一揮手。

　　「你還抱著你的理想嗎？」剛從澳洲打工回到台中的你，丟了一個問號給我。我對於自己的解釋是這樣的，生活大不易，尤其是我們越想堅持著自己的理想。尤其面對現實裡無可奈何的無奈，僅僅堅守底線，卻難以向人解釋。於是最後我只

是如此的罐頭回答：「我很好，一如往常。」順勢又擠兌出標準的笑容。

嘿！這世界太大，聲音太多，特別是某些希望被戳破以後，才開始被人注意。例如大雨過後，我們仍然無能為力。於是在窗內靜靜把自己輕輕落在紙上，僅僅需要被溫柔看待。

我想起那時與母親到日本旅遊的一個畫面。我們跟著旅行團，趁著櫻花季的尾聲，就像追著櫻花綻放的虛線，每趟景點都是一個驚喜或失落。在一些抱滿期待的地點，反倒是遊客擠著花叢，在一些還未被眾多觀光團查覺的神社，靜謐又肅穆的美，反倒使人充滿無限的嚮往。

為了協助母親尋找御手洗，我怯生生的找到廟方的主持，用簡單的日語詢問，恰好看到他們有在賣御守。於是一群旅遊團的人也跟著發現了想買回去作為紀念品。母親看著這些御守，怯生生的挑了又挑，最後他撥開了堆疊在上頭的財富、工作、與勝運的御守，慎重地選了「健康」御守。或許，就是這份對於健康的期許，讓平凡的幸福化成一件不容易的事情，化成對於任何人與事情，都必須更努力去珍惜的緣分。

舉例來說，我們經常會聽到有人對於一件還未發生的事情，以「九拿十穩」的自信告訴對方說，「沒問題的！」這些事情往往就可能會出些許的差錯，對於我來說，即便是再有自信的事情，尤其仍需要慎重以對。這些都是母親所告訴我的事情。

在她患有甲狀腺亢進以前，她煮的滿桌好菜，就是對於孩子最大的關愛。在我就讀高中後，某日突然發現她的手顫抖的

非常嚴重，這是國三常跑補習班所忽略的。忽略身邊最親近的人，忽略身邊的生活；父親告訴我必須要開始更多的包容，尤其是身邊的人。看著母親體力變差，體型與氣色也變了，最大的改變是她開始少下廚了，因為一不小心可能就又把自己弄受傷了，可能切傷自己的手指、可能油鍋濺到自己。我無法想像一件原本得心應手的事情，竟變得如此遙遠。於是時光悠忽忽的過去了，自己開始從會煎起一顆蛋開始，但味道始終沒有掌握好。

　　任何事情都需要練習。不僅僅是下廚這件事，包括去習慣一件事也需要練習。後來升上大學因為誤填了志願，自己跑去了外縣市，偶爾只利用週末假期回來，驚喜的是母親又開始下廚了。她不斷練習自己顫抖的手，或許味道有那麼些差距，或許是與記憶的差距，這些菜的鹹度雖未如記憶中的準確，卻多了萬分的溫熱。

　　後來在大學畢業以後，很快的收到兵單往成功嶺去。那天，要趕赴成功嶺以前，母親作了個便當，是記憶裡的苦瓜鑲肉。小時候最害怕的苦瓜與最愛的鑲肉，這次我一個人吃，沒有人能夠共同來分擔苦瓜，我才發現苦瓜的在苦後的甜味。但這麼簡單的一件事，卻要這麼晚才能體會，從菜色傳出來那母親對於兒女的關愛。難道非得用剎那的情緒去扼殺兩方的努力，用一句利銳刺痛人心的話再到事後不斷去後悔。我開始想起這些道理，在往成功嶺的火車上，我才突然領悟這個道理，在這些面無表情的面孔，我才開始發現自己的愚昧與遲鈍，挖掘出內心無止盡的欠疚。

在營區的第一晚，我排著漫長的隊，想要訴說那些虧欠，母親只是告訴我不要想太多，他都知道，要我好好趁這個機會多去認識這座城市。

　　於是我趁著那個月點放的期間，開始練習在台中旅行，去認識這座城市。將自己的腳步當作是縫織的針，一步一步去縫出這座城市的形影，從自己的窗口去望出，也找友人，從友人的生活來認識一個地方。

　　我相信，每座城市都有自己的小脾氣。例如在自己家鄉裡給人多雨和潮濕的印象，我利用第一個假日清晨，穿過台中火車站附近的麥當勞，弟兄們在那邊將青春塞得火熱。於是來到了霧峰，到光復新村感受舊時光的新生，看著陽光照射在街道上，突然想起自己似乎未曾用這樣的角度與心情，去認識這塊土地。我走到大樹下的麵店，麵店阿姨對我投以非常溫暖的笑容，「帥哥，一樣嗎？」我好奇起是不是她上次在哪裡看過我，記得我喜歡吃的東西。於是他上桌的是牛肉麵與滷味拼盤，我開始驚訝於他是不是會讀心術。緊接著在吃完麵後，我彎入了巷弄，就像是個小小迷宮，突然像是失去了方向感。就像一直以來的自己，不斷尋蒐著自己的方向，太多的答案與選擇，反而像是優柔寡斷。最後挑了一張木椅，我想將自己先緩緩擺置於此，旁邊是一座漂書箱，是用未插電的冰箱製成；我想起那次在火車站放入，如今不知漫遊到何處的書。我在裡頭仔細的搜尋，覓不得自己當初放入的書。不過卻看到一張熊與貓咖啡書房的貼紙，作為我想要到下一個點的指引。

　　走進巷弄尋覓的過程，感受陽光滴落在屋簷上，像是用微

風留下一句詩句。理頭有淡淡咖啡香，還有許多關於文化與文學的藏書，走上二樓別有洞天，有許多不同的擺放書桌的方式，提供各種閱讀的位置，或許是向陽，或許需要小空間……還有隻可愛的貓咪。這不只是僅賣書與咖啡的書房，聽著兩位書房主人說著，歸鄉開點不僅是對於在地文化的熱情，同時也很積極參與推廣藝文活動與幫助小農。

對於這些我們所珍愛的事物，我們能作些什麼？即便不求義無反顧，是否能夠用自己的專業與能力作些什麼？於是我心裡慢慢有了這個問句。

拿起手機，發現一位在台中的友人因為看到我的打卡而丟了訊息給我，「在台中嗎？有機會帶你去吃在地厲害的鐵板麵。」他與我相約在日南火車站，我在換車的途中，看到海洋蔓延成一條遠遠的線，彷彿突然與許多過去的回憶串連成線，突然忘記僅是在當兵的空檔時間，而成為我與台中的另一個相處回憶。

列車擦過風勢，來到日南火車站。「所以，你依然抱著你的理想嗎？」他又將問題拋給了我一次。很明顯他發現我的罐頭回答與前面的漫不經心。突然我就像被陷在這個答案裡，比起老是沒有十二分把握回答的事情，比起「持續努力」以外，突然找不到其他柔軟且同時具備距離的詞彙，給予自己一個倘若遭遇失敗的餘地。

突然他拍肩找回了我自己，說是時候準備騎車回到車站，他載著我，我望著他的側臉問起他在遊學作些什麼？他說在海外都在水果工廠作些加工的工作，工作剛開始覺得不斷重複，

對於自身也開始產生疑惑。「或許這些疑惑都需要練習吧。練習去習慣，習慣疑惑，習慣找到解答的方式……」迎面而來的風勢很大，我努力聽著，不要落掉一個個字彙。風勢越來越大，我似乎越來越聽不清楚他的聲音，直到他的笑容彷彿今日在火車站轉運時所聽見的潮聲，一波一波的襲來。好像回到那無爭無求的學生時代。他帶著回到車站，在離去前我們發現當日夜晚竟閃亮著滿天星斗。就像聽到一首喜愛的曲子，不斷重複循環播放。

　　夜空是否會亮得寂寞？即便只是經過，我們默默的站在車站之前，等著時光一波波湧上，通過。

等著候

　　雲跟風都壓得低低的。最初都是從逃避開始吧，所謂書寫或畫作都好，天氣是液狀的，雨疏風驟；壓力則時而液狀時而氣態的，薄汗輕衣透，通往陽光，往陽光的地方跑，向一個不知在何方的遠方也罷。面對生活，生活裡接踵而來的壓力，聽向席捲的雲、濤濤的浪。

　　或許我們要學的，就是學著從容的換氣呼吸，尋著一種自己的規律。在操場的邊陲靜靜的看著，靜靜的像是從未經過。

裂縫

　　有時是這樣吧。以為掌握了行進的節奏，生活暗地裡作了一個坎。

　　一個不經意，跌了一下。跌了，倒也還好。會好的。

　　想起高三指考的前一個月，在茫茫黑夜的 11 點，從台北車站的站牌乘上 265 路公車，車裡靜得可以聽到其他人的心跳。我依舊往最後一排的座位走去，並在前一張椅背上看到了一排貼紙。

　　「徵友：09xxxxxxx。錯過，可能沒有下一次的緣分。」

　　我對於人生的解讀，正是不斷的錯誤與錯過，讓自己從彌補中成長。也正是因為成長，才知道中間的後悔莫及。於是學會豁達的與其他人解釋；其實倒也不是為了說服誰，只是不斷透過這個過程，去說服自己。

　　最後就像一切歸於平靜的海，偶爾通過風而翻開些漣漪。僅此而已，在時間成形，在傷結疤，讓心沉得很低很低。往窗外望去，夜裡的車道就像一座浮動的海，來來往往的車燈是漁船上的燈火，一道道影子不斷滲出，航道充滿神秘。

　　關於不斷前進的遺失，例如身為孩童時的滿足笑容，還有與親人爭吵下因為口不擇言而留下的針，還有還有，突然從父母親的背影，看到他們的白髮，在他們翻閱相片時，指點那些逝去的青春，自己的，以及自己親愛的人。

　　關於遺失，可能是口袋裡所被忽略的小洞，逐漸蔓延成生

活成為那道裂痕。越破越大，你可以痛著很久，很久；直到裂縫穿過另一端的陽光。你也可以等得很久很久，等到明年終於長成一棵樹。光從裂縫穿過，你也穿過。

國家圖書館出版品預行編目（CIP）資料

通信新聞詩文集 / 趙文豪著 . -- 初版 . --
新北市：斑馬線出版社 , 2021.04
面；　公分

ISBN 978-986-99210-7-7（平裝）

863.4   110006127

通信新聞詩文集

作　　者：趙文豪
總 編 輯：施榮華
封面及內頁插圖：馬尼尼為

發 行 人：張仰賢
社　　長：許　赫
出 版 者：斑馬線文庫有限公司
法律顧問：林仟雯律師

斑馬線文庫
通訊地址：235 新北市永和區光明街 20 巷 7 號 1 樓
連絡電話：0922542983

製版印刷：龍虎電腦排版股份有限公司
出版日期：2021 年 4 月
ISBN：978-986-99210-7-7
定　　價：320 元

版權所有，翻印必究

本書如有破損，缺頁，裝訂錯誤，請寄回更換。